I Will Knock You

君子壞壞愛

作者
Korean Rabbit

繪者
阿鎬Hao

contents

第十八下	因為福報領路	006
第十九下	緣分牽了線	020
第二十下	命運讓我們相會	034
第二十一下	有些人必是天生一對	050
第二十二下	一見便知	066
第二十三下	愛意萌生 夢寐思之	082
第二十四下	即使見不到面	098
第二十五下	我相信 因為一見到你就無法自拔	111
第二十六下	陷入愛情	131
第二十七下	憂心不已	147
第二十八下	永不厭倦	161
第二十九下	一切緣分所啟	176
第三十下	命中注定之路	193
第三十一下	譜下一生	208
第三十二下	命定之人來寵愛	226
最後一下	將你帶到我身邊	244
特別篇‧一		258
特別篇‧二		268
特別篇‧三		278

Noey

「不過是要你承認你喜歡我而已，有那麼難嗎？」

「要乖乖把手拿來，還是要我把這隻手折斷？」

總是梳著款式復古的龐畢度頭、

喜歡作懷舊又富古早味的打扮。

表面上是惡名昭彰的凶狠幫派老大，有眾多小弟追隨。

實際上個性單純、自戀，喜歡老電影及老歌，

是個很替母親著想的孩子。

痞子壞壞愛♡

I Will Knock You ———— Thiwa

Thiwa

「我的責任是教學，不是替學生學習。
如果你想學習，我會教，但你要好好說話。」

大學三年級生、身兼家教，
自稱除了讀書以外什麼都不會。
個性較為怯懦，但能在緊要關頭站出來發聲，
非常有責任心。
不擅長拒絕別人，容易心軟。

💣 第十八下　因為福報領路

「Noey！」

叫喚聲從背後響起，讓名字的主人緩緩轉過頭，Thiw 也向前走去。片刻後，兩個少年便並肩齊站，強風在高樓屋頂呼嘯，Noey 把手臂支在矮牆上，低頭往樓下看去。

「你確定要這麼做？」

「嗯。」

「Noey，我是很認真地在問。」

「我也是認真地在回答你。」

「幹……你在發什麼瘋啊 Noey！」

「……」

「你他媽的下令解散自己的幫派是怎樣？」

Noey 眨了眨眼、抬頭望向天空，好友的嘆息傳進他的耳裡。Thiw 望著他的好友，依然感到震驚不已，從沒想過自己追隨已久的老大會突然宣布要解散組織，還命令所有人滾出這個幫派。

現在，「花火寺 Noey」這個稱號……已經是個過去式了。

「為什麼要做到這種程度啊？Noey！」

「……」

「大家會跟著你，就是因為他們尊敬你、折服於你，你現在拍拍屁股一走了之，還有哪個組織會願意讓他們加入？搞不好還會被欺負得更慘。」Thiw百思不得其解地問道，而Noey卻僅沉默以對。

此時，Thiw的腦中滿溢著「為什麼」三個字，他已經搞不懂他了，他確實感覺到對方變了，卻沒想到那些改變竟會讓兩人攜手創立的幫派就此終結。

兩人從一無所有、只靠拳頭和傻話生存的昔日走到現在，好不容易才讓所有人畏懼、銘記他們的稱號，在他們面前只能卑躬屈膝，今天對方卻下令要毀了一切。從接收到消息開始、直到此刻，驚愕的感受仍縈繞在他的腦海之中。當時幫派伙伴們也都同樣驚訝至極，許多人都因此失去了對花火寺Noey的信仰，無法接受命令而當場離去。群眾當中有一人邁步離場，當然也會有抱持著相同想法的第二、第三人緊隨其後，而Thiw也無法否認……他自己也差點成為了那其中一員。

「回答我啊，王八蛋！」

「我累了，Thiw。」

「有什麼好累的，你最近又不怎麼打架！」

「我不是因為打架而覺得疲累……我累，是因為我淨做些蠢事卻不自知。」

「什麼？」

「Thiw，我不想再這樣下去了。你看看現在的我⋯⋯有什麼好的？」Noey站直身體，轉頭正對著Thiw的目光，兩人彼此相望，Noey的眼神表明了此刻他同樣也有著許多思緒。

「是那個人對吧？」

「什麼人？」

「是他叫你這樣做的，對吧？那個家教哥哥。」Thiw單刀直入地問道。看著那對鋒利雙眼微睜後又回復尋常，Thiw頓時哈哈大笑——就說嘛，Noey跟那名家教之間肯定有什麼，他早就發現了。自從Noey開始上家教課之後，他漸漸地只能從Noey口中聽到念書的事情，成天顧著寫對方指派的作業，閒閒沒事就會開始思念那位老師，如Thiw這般的好兄弟，怎麼可能會沒有觀察到。

Noey不再是「花火寺Noey」了，此時此刻，他就只是個平平凡凡、像個普通青少年一樣的「Noey」。

Thiw不禁苦思，到底是什麼樣的人才能讓Noey浪子回頭，明明以前不管是誰想傷害幫派成員，或是對Noey指手畫腳，他從來都不會棄兄弟們於不顧，總是將大家放在心上。但現在，那個Noey卻放棄全部，叫所有人滾出幫派，一點情面也不留。

混蛋，那我們一起經歷過的那些過往呢？你都不覺得可惜嗎?!

「Thiw，我知道你很生我的氣。」

「嗯。」

「可是……我不能繼續當『花火寺Noey』了。」

「幹他媽的衝啥潲？你就這樣讓別人來洗腦你嗎，Noey？你清醒一點！」

「就是因為我清醒了，所以我才會考慮這些。」

「Noey！」

「欸，Thiw，我們沒辦法一直以一個小混混的身分活下去，不管你現在多愛你的兄弟們，但總有一天，我們都會長大，會有新的人來取代你在兄弟們心中的地位，這樣你忍受得了嗎？你想想看、你想想看啊！」

「……」

「現在，我們兩個除了這些破事，他媽的什麼都沒有了啊，Thiw！」

「可是我就只有這些了啊！」Thiw咆哮著，衝上前用力扯住Noey的衣領，但對方卻只是佇立不動，回望著火冒三丈的友人。

Noey當然知道，他很清楚眼前的他有多麼深愛這個幫派、多麼享受立於其上的感覺。

「我只有你、還有這個幫了。但你卻把兩樣都毀了，混蛋！我要怎麼辦、我該怎麼辦啊？幹！」

「Thiw，你沒有失去我。」

「你！」

「我就是把你當作是朋友，才會這樣做的！我也希望你能擁有更好的未來。」

「……」Thiw 止住即將滑落嘴邊的言語，聽見唯一好友的這番話，他緊握著對方衣領的手顫抖了起來。Noey 看著對方，他和 Thiw 自腳丫還像貝殼一樣大的時候就是朋友了，兩人共同經歷了所有事情。Thiw 自小就失去雙親，是被住持爺爺扶養長大的，如今，住持爺爺也是一天一天地老去。

Thiw 的孤兒身分，成為男孩成長過程中的小小心結，最終演變成護衛自己不受他人欺凌的動力，讓少年開始懂得反擊、懂得報復。Noey 和 Thiw 抱有各自的心結，因此，當創立幫派的想法產生時，兩人便傾盡心力、相互扶持，從原先的兩名男孩，到最後聚集了數十個人，變成任何人見到都不由得畏懼的幫派。

一旦 Thiw 失去了這些……他該如何自處？冷不防地就從頂點再次跌落原處，實在令人難以接受。

「我也只有你了啊，臭 Thiw！就是因為這樣，我才希望你能過得更好！」

「你閉嘴！」

「我是為了你好才會這樣做的！」

「死 Noey！」

「你是我的朋友，我不能拋下你、讓你獨自面對那些混帳爛事，只讓我自己一人得到好處。所以你聽我說！」

「……」

「該長大了，Thiw。無論是你、還是我，我們都該長大了。」

「……」Thiw 的雙唇已經緊抿到麻木了，他用力推開高個子少年，使得對方微微踉蹌。

Thiw 的情緒似乎稍稍平復了，他叉著腰轉向一旁，發現不遠處有個舊鐵桶，便走過去用力踹了一腳，讓鐵桶發出「碰」的一聲，飛擊到大樓牆面上，製造出巨大聲響。

「混蛋 Noey，你他媽的……」

「你曾跟我說過……你想讀大學。」

「……」

「你曾經告訴過我，你想找到一份好工作、賺錢來替師父蓋新的精舍。」

「……」

「Thiw，你要是想繼續混兄弟，就把那些夢想忘了吧！」好友的言語傳進 Thiw 耳裡，少年緊握著拳頭，深深吸了一口氣，兩人都站在原地沒有動作、沉默不語。

就這樣僵持了好幾分鐘後，Thiw 緊攥的手終於緩緩放開了。「你他媽的……該死的混蛋！」

「嗯。」

「可惡的 Noey，混蛋！」

「我承認我是個混蛋。」

「你確定要這樣做了是吧？」

「我確定。」

「那個家教對你而言……值得讓你做出這麼多改變嗎，Noey？」Thiw轉頭望著對方的臉嘆息。

Noey慢慢地勾起一抹淺笑，他看向遠方，視線投向空中的白色雲朵，似乎是想起了某個人，「對我來說，能遇見他，是我碰過最棒的事情了。」

「你太沉迷了。」

「超沉迷。」

「混蛋！」

Thiw忍不住咒罵了一聲，對方的輕笑讓原本沉重的氣氛逐漸和緩。他長嘆一口氣後，再次步向好友、與其並肩而立，一同遙望前方的景色。清風徐來，吹亂了兩名少年的頭髮，兩人安靜佇立著，彷彿在回顧自己的過往——

你啊……真的是長大囉，Noey。

「你想離開也沒關係，我知道你對我很失望。」

「死Noey，你在講什麼鬼話！」

「……」

「我跟你，就算變成鬼也都還是朋友。」

「Thiw。」

「有個王八蛋之前可是拿香戳到我的衣服欸？媽的……我到死都會記得。」

「哈哈哈哈！」

　　高個子少年的大笑聲響起，讓他的好友也笑了出來。兩人轉頭看向彼此，Noey 抬起手，在 Thiw 眼前豎起滿是疤痕的拳頭，Thiw 看了看後，將視線拉回兄弟的臉上。

　　「我保證，Thiw 你絕對會成功的。」

　　「爛人。」

　　「相信我吧，跟著 Jamnien 小姐就不會走錯路。」

　　「你這混蛋！」

　　「跟我一起長大吧，Thiw，我也沒什麼朋友了。」

　　「嗯，笨蛋。」

　　最終，Thiw 的表情變得清澈明亮，他也舉起自己的拳頭和對方相碰，接著 Noey 抬起手臂、主動摟過知己的脖子，Thiw 大笑著回抱，兩人再度望向視線盡頭的彼端。

　　好吧，事已至此，也回不了頭了。

　　死 Noey，你覺得好，那我就相信你。

　　都混在一起這麼久了，不論要上刀山還是下油鍋，我都會跟著你啦，混蛋！

　　「我會一直都跟你在一起的，笨蛋 Noey。」

　　「考試時間到，大家請放下筆。」

　　考試時間結束，學生們起身離開座位，魚貫地走出教

室。孩子們一見到朋友，喧譁聲就此起彼落，有人拉著同學聊著天、有人立刻前往別處、也有人圍成一圈，彼此確認著題目答案，在發現自己答題正確之時大聲地拍手嬉戲。

「混蛋Noey。」

「你會寫嗎？」

「嗯，有些會，有些不會。」

「回家吧，我太想去找Jamnien小姐了。」

「蠢牛，你吸氣是他，吐氣也是他！」

Thiw一邊挖苦好友，一邊擺臉色給他看，但Noey只是欠揍地挑挑眉，讓對方不爽地踹了他屁股一腳。那個家教真的滿有本事的，才用了多少時間，就能讓Noey這樣的小混混變成認真讀書、準備考試的好孩子，誰敢相信，備考期間Noey還真的只顧著念書、複習、寫作業和做練習題，他啃完的教科書和山一樣高。看到自家好友變成這樣，Thiw都傻了，Noey以前明明是那種連漫畫都懶得翻開的人，還說他對書的味道過敏，結果現在是怎樣？

直到某天他才知道，讓花火寺Noey洗心革面、如此孜孜矻矻的原因，竟然是他跟那名家教的約定——要是拿到全年級第一名，就可以要求獎勵。

北七，吹牛也吹得太大了吧，全校可不只有我們班啊，混蛋！你要怎麼贏過那些前段班的啦?!

「今天要穿什麼去找Wanlapa呢？」

「別鬧了，死Noey，人家不是叫Thi嗎？」

「我要怎麼喊是我的事吧？」

「你太迷戀他了。」

「不用在那邊念我啦，哪天你自己遇到就知道了。」

對啦，北七，我等著，我就等著看！就算真的有那一天，我也不會表現出像你那樣彷彿嗑了大麻一般的狗樣啦，死Noey！

考完試後，兩人背起背包並肩走出學校。今天是考試的最後一天，明日起為期一個多月的假期就開始了，Thiw引頸期盼的時刻就要來了，但事情卻演變成令他憤恨的局面──Noey竟然要他一起去上他家教老師的課！

我要瘋了！打死都不會去！我要去玩！

自從脫離流氓身分之後，他們兩人的生活就像條水行線，波瀾全無。幫派的伙伴們陸續離開了，眾人聚集的教室中如今也只剩下十來個人，據說多數都相約加入不同的幫派了，互相敵對的幫派搶著坐大、不停鬥毆，就是想取代花火寺Noey的位置。相較之下，過去聲名遠播的一幫之首，此時卻正要走回家摺紙星星。

唉，死Noey！替自己留點顏面吧！

就在兩人的回家途中，前方突然出現十來個人擋住他們的去路，讓他們不得不停下腳步。Thiw和Noey絲紋不動、

只是靜靜地望著上前走來的敵人，他們每個人都手持武器，不僅如此，兩人的背後還有另一群埋伏的人馬，就這樣成了被包夾的困獸。

「怎樣？退休生活爽嗎，Noey？」

「……」Noey看著對方，濃眉一挑。

「你們吼，真的讓我很傻眼欸。」

「Bas！」Thiw喊出對方的名字，於是Bas立刻和他對上了眼。他是他們從八百年前就開始互看不順眼的死對頭，Bas一黨是和花火寺Noey知名度差不多的幫派，為了壓過花火寺Noey，他們總是想方設法搧風點火、引發事端，明知對方的幫派都解散了，還依然窮追猛打。

「Noey，怎麼辦？」Thiw朝高個子少年靠近、輕輕耳語。以往就算被如此圍攻，他們也不會因此陷入危機，但現在就只剩他和Noey兩人而已，僅有的武器還只有書包裡的課本及填答用的筆，加上這條巷子地處偏僻，沒有路過的民眾可以幫忙，肯定是無法輕易逃脫的。Thiw環顧四周，發現竟有曾是伙伴的人身處另一頭，如今站在敵方反過來要攻擊他們，他立刻訕笑出聲。

「你們這群垃圾，真是遜斃了！」

「死Thiw，很會講嘛！」

「當初不是很愛誇Noey多好多棒嗎？結果還不是跑去舔別人的臭腳！你們遇到事情Noey都二話不說地去幫忙，現在卻忘

恩負義，抓起棍子就要來打他？我真是看不起你們這些人！」

Noey瞥了一眼笑意未消的好友，一邊偷偷打量四周，那群人握緊木棒、漸漸靠了過來，於是他對Thiw點頭示意，旋即轉過身背向對方，書包也丟到一旁。兩人緊盯著敵方，一場打鬥便隨之開始。

叫囂謾罵的聲音響徹整條巷弄，各形各色的武器蜂擁而至，但身經百戰的兩人皆能反擊並輕易奪過武器，此時眾人就像瘋狗一般地扭打在一起。論人數，Thiw跟Noey無法匹敵，但論戰略和靈活度，兩人可是有壓倒性的實力。

Noey拿著木棍，朝衝過來的人一陣猛揮，武器敲擊骨肉的聲響四起。就在這混戰的時刻，有人拔出了銳利的刃器，Thiw見狀馬上衝上前賞他一個飛踢，讓刀子從對方手上鬆脫、掉進路旁的樹叢裡。

「Noey！喂！來這裡！」當知道己方戰力已經敵不過人數差異之時，Thiw連忙大聲警告好友。

Noey奮力擊退聚集而來的人們，一刻也不曾停手，Thiw為了幫助他，立刻朝Noey貼近。

兩人試圖抵抗，但一轉眼間，Noey被近十個人群起圍攻，所有人都同時衝著他來，Noey一時不察，不慎露出了空隙，給了敵人近身攻擊的機會。下一秒，疼痛便貫穿全身，Thiw見狀立刻呼喊Noey的名字。

「該死的混蛋！」

Thiw大吼著衝進人群之中，使勁把人踹開，此時的Noey渾身是血，被眾人攻擊得體無完膚，頭部尤其嚴重。他連忙拉起好友，Noey尚且還站得住，他捂著自己的肚子，呸了一口鮮血到地上。

「嘿！Noey！」

挑釁的聲音從背後響起，Thiw迅速轉過身、不讓對方靠近，但這也讓他的視線短暫地從Noey身上移開——於是，最糟糕的事情發生了，眼前的景象讓Thiw瞪大了眼睛。

「Noey！」

看到好友高大的身軀一個踉蹌，他大叫出聲，衝上前去撐住對方。Thiw擔憂地查看Noey的情況，他瞧見鮮紅的顏色滴落地面，Noey的制服已經滿是鮮血，他抬手壓住了自己的傷口。

No……Noey被刺了，幹！

Noey咬著牙、強忍痛楚，痛到幾乎連腳都踏不出去，視野一片模糊、什麼也看不清，血腥味薰得他頭暈，只能聽見好友急切的呼喊聲。

原來，就在Thiw背過身、對付圍上來攻擊的黨羽時，自己竟不知不覺成為了被攻擊的目標。情勢混亂間，Noey瞥見一把往好友刺去的利刃，那一秒他什麼也無法思考，只能將唯一的好友用力推離刀鋒，自己則成了代替對方承受厄運的人。

　　Noey的氣力耗竭，疼痛已超過忍受範圍，他的雙膝緩緩往地面上跪去。今天他們處於極端的劣勢，即便經驗老道，遇上差距如此之大的人數優勢，他們還是不得不認輸。雖然有Thiw支撐著，Noey還是渾身癱軟，僅存的意識逐漸模糊。眼前的畫面暗了下來，疼痛也慢慢消失了，在眾人的目光中，他倒下了。

　　Jamnien……不能去找你了，抱歉。

　　「Noey！你這混蛋！你不能有事啊！」

痞子壞壞愛
I Will Knock You

💕 第十九下　緣分牽了線

　　今天是 Noey 期末考的最後一天了。

　　我從一大早開始就不時注意著自己的手機螢幕，自從進入考試期間，某個小子就天天打電話來找我。昨天一考完，他也有打來炫耀自己會寫哪些題型，我也為他感到欣喜，因為我知道 Noey 現在已經走回正途了。我真的很好奇，他要是達到了目標——也就是考到了全年級第一名，他想要求的那個獎勵究竟是什麼意思，為什麼能觸發他如此的動力。

　　現在已是傍晚時分，Noey 應該已經考完試很久了，為什麼還沒有打電話來呢？Noey 前幾天明明是一考完就會急著掏出手機通話了。

　　我下定決心，拿起手機尋找某人的電話號碼。我深深吸了一口氣——好的，Thi，沒必要那麼緊張，小事而已，只是問他今天考得如何，只是這樣而已。

　　我按下撥號鍵，但對方沒有立即接起電話，讓我微微地皺起眉頭，這真是稀奇。我沒有掛掉電話，繼續等待直到通話自行切斷。Noey 是不是把手機忘在哪裡了，為什麼我主動打過去還不接呢？我搖了搖頭，決定再撥打一次，這次仍舊只有撥號聲回應著我，我幾乎決定要掛掉電話之時，電話終

於接通了。

「哈囉？Noey？」

『……』

「Noey，今天考試考得怎樣？也不見你打來通知一聲。」

『我不是Noey……』『嘿，Noey！欸！』

我霎時一愣，電話彼端傳來的竟然不是Noey的聲音，一旁還隱約響起女人的哭喊聲。發生什麼事了？接電話的人是誰？Noey去哪裡了？

「請問Noey在哪裡？」

『Noey被刺傷了。』

「什……什麼？」

自己正要拿取物品的手頓住了，我愣在原地，震驚不已，不明白這種事情為什麼會發生在Noey身上。他被刺傷了，刺傷是指字面上的意思嗎？這是真的嗎？

難道，那個哭泣的聲音是Tim姨？

一意識到Noey可能遇到了不好的事情，我的心立刻沉落谷底。我連忙冷靜下來，向通話方詢問Noey所在的醫院地址，並抓起必需的物品，跑去攔計程車。這個消息令我心急如焚，幾乎無法安坐在椅墊上，只能催促著司機大哥緊催油門，司機在我的催促之下起初還有些不滿，但一聽到我必須趕去醫院的原因，似乎就能理解我的焦急了。

一來到醫院，我立刻下車、朝大樓走去，對方在方才的

電話中已有告知要到哪棟大樓的哪一層樓才能找到 Noey，於是我連忙上樓。當我抵達的時候，看見哭到癱坐在牆邊、被其他人擁抱安撫著的 Tim 姨，我旋即奔去。

是誰？是誰拿著 Noey 的手機？

我不敢上前去向 Tim 姨搭話，因為阿姨她明顯還沒有做好與任何人對話的準備。我注意到前方就是手術室之後，更加膽戰心驚了，不知道 Noey 的狀況有多危及。我緊握著手機、打量四周，有點詫異地發現約有十來個學生正坐在不遠處，是 Noey 的兄弟們，我皺了皺眉頭，趕緊大步前去向他們了解狀況。

我走近時，發現有個人靜靜地不發一語、將手中的電話握得死緊，我記得他是 Noey 的好友，好像是叫 Thiw？其中幾名少年立刻就認出我了，他們同起轉頭看著我，每個人看起來都非常得低落，其中 Thiw 的狀態是最糟糕的，他的白色制服被鮮血染得通紅，手上也滿是血漬。我有點害怕地靠過去、蹲坐在 Thiw 面前，但他仍舊維持著失魂落魄的模樣，根本沒有心思看向我。

「你是 Noey 的朋友，對嗎？」

「⋯⋯」

「沒事的，Noey 肯定會沒事的。」

我一說完，對方便發出嗚咽聲，他抱住自己的膝蓋，把頭埋了進去，應該是很難過發生了這種事情。我鼓起勇氣、

慢慢伸手扶住少年顫抖的肩膀，起初還很擔心他會揮開，但Thiw就只是埋頭靜靜地啜泣著，我深吸了一口氣，開始輕拍安撫著他。

「發生什麼事了？可以說給我聽嗎？」我轉頭詢問佇立於側的其他少年們。

他們面面相覷，有一名少年從群眾裡站出來說道，「Noey老大下令解散了幫派，所以成員們通通都離開了，有一部分人還去加入了其他幫派。但Bas那群人今天居然來陰的，幹，Noey老大都刻意不作聲地退出這個圈子了，媽的！」

「死Bas，他就是個垃圾！他老早就對老大很不爽了，現在老大一把幫派解散，他就馬上跑去找老大報仇，媽的！」

「還好有你們來幫忙，不然老大還不知道會怎麼樣咧！」

「Noey，死Noey，我怎麼可以丟下你這樣的頭領而去呢？」

我傾聽他們的話語，這才大概釐清了事情的脈絡。Noey遣散了他的幫派，於是兄弟們通通都離開了，一得知Noey身旁沒有了跟班，他的死對頭就對他設下了陷阱。

唉，Noey，這種事怎麼會發生在你身上呢？Noey才剛洗心革面、正要重啟新的人生篇章，那些人卻這樣傷害他，好慘，太殘忍了。

「Noey他⋯⋯」

「？」

「今天，Noey 他特地要去見哥……」Thiw 深吸了一口氣，緩緩抬起頭來看著我。我知道 Thiw 大概快撐不住了，看他現在的身體狀況，不應該繼續坐在這裡，怎麼不去看醫生、處理傷口呢？

我望著眼前的孩子，除了同情以外沒有任何感受，Thiw 的傷勢都這麼嚴重了，那 Noey 會是什麼樣子呢？

「他說要去見哥。」

「嗯。」

「可……可是……媽的，其實、原本要待手術室裡的，應該是我才對！」Thiw 喊道。

「為什麼啊 Noey……你為什麼要幫助我？為什麼要幫助我這種一無是處的人？」

「Thiw，不可以這樣想。」我見他如此責怪自己，也不忍繼續聽下去了，只好開口制止他。

「哥你看！你看看！他媽媽癱在那裡哭多久了，還有那麼多人在等著 Noey，哥也是其中一個……但是我……我什麼也沒有，為什麼啊？為什麼不是我？像 Noey 那樣的人……」

「Thiw，夠了，不要這樣想。」我趕緊阻止 Thiw 繼續胡思亂想，他看起來真的對這起事件感到非常內疚。我靠近他，拉起 Thiw 的雙手，他也再次抬頭看向我。

「想想看，如果是你身處於那個房間，而坐在這裡的則

是Noey，你覺得他會不會和你一樣傷心？要是你發生了什麼
事，說不定他會更加難過。」

「……」

「Noey會幫你，是因為你是他最重要的人之一，他甘願
為了你以身犯險，所以你不要再那樣想了。」

「……」

「你有Noey，然後也……還有我，我也是會擔心你的
人。無論如何，你都像是我的另一個弟弟，明白了嗎？」我
安慰對方。

Thiw聽了，便用手摀住自己的臉、放聲大哭。我拉過
Thiw、將他抱在懷裡，拍拍他的背、撫慰著他。其他孩子們
看到這樣的情景，也顯露出悲傷的神色。

Noey，你看到了嗎？有好多人都在等著你喔。沒事的，
Noey，一定會沒事的。

天色已然暗去，我仍坐在手術室前守候著，醫生沒有要
步出診間的跡象，少年們也已經陸續回去了。在Thiw情緒稍
微平復之後，我帶著他去找醫生處理傷口，起初他還堅持要
繼續在這裡等待，但我觀察他的狀態，認為必須讓他先回去
休養。Thiw身上的傷也不少，要是繼續撐著、不躺下休息，

肯定會撐不住的。因此，現在除了我跟 Tim 姨，現場就只剩下 Noey 的三、四個親戚而已了。

「Tim，那群傢伙被抓了，我老公剛才打電話來通知了。」一個阿姨靠近 Tim 姨並說道，但 Tim 姨只是微微點了點頭。Tim 姨現在彷彿沒有任何氣力，只是了無生趣地呆坐著，雙眼還紅紅腫腫的。

「他不會有事的啦，妳兒子 Noey 肯定會跟他老爸一樣強壯的。」

「Phen 姨要先回去也沒關係，我可以自己留下來等待的。」即使 Tim 姨讓大家先離開，但仍有人堅持要一起等候。

我起身移動到 Tim 姨身旁，她一轉過頭，便作勢要舉手行合十禮，讓我不得不先阻止她。

「阿姨！」

「阿姨不知道該怎麼謝謝你才好，因為你，Noey 變得溫順多了，阿姨真的很開心你能幫助我的兒子。」

「不會的，我自己也很開心。」我笑著回應。

就在那時，手術室的門緩緩敞開，裡頭的人也走了出來。Tim 姨顯露出明顯的擔憂，我趕緊扶著她、帶她上前去接收醫生將要傳達的消息。現場所有人都在祈禱，我也無法遏止住擔心的心情，腦海中開始冒出亂七八糟的念頭。

最終，從醫生口中得知「Noey 平安了」的時候，我所有負面的思考都消失了。Tim 姨立刻號啕大哭、衝過去要跪拜

醫生，讓我不得不將她攔住。我知道這次 Tim 姨落淚並不是
因為傷心或擔憂，她現在非常高興，知道自己的兒子已經脫
離險境了。

　　而我也一樣。

　　Noey，你活下來了。很棒，你真的很棒。

　　Noey，要快點醒過來喔，每個人都在等你喔，知道嗎？

　　Noey 已經昏迷不醒兩天了，我和 Tim 姨這兩天都有來醫
院探望他。

　　今天下課後，我連忙上車直奔醫院，就為了來探查 Noey
的狀況，想知道他是否清醒了。一開始我看到 Noey 的傷勢
時，心都沉下去了，他的狀況比我預想的還要糟糕，Noey 幾
乎全身上下都有傷口，頭被白布包裹著，手臂也骨折了，再
加上他肚子上的刺傷，讓他大量失血，唯獨沒有傷到任何臟
器這點算是不幸中的大幸了。

　　「Thi，你可以替阿姨照顧一下 Noey 嗎？我要先去幫他處
理一些事情。」

　　「好的，沒問題。」

　　「還好警察已經抓到犯人了，因為年紀尚輕，應該是會
被送去少年觀護所。唉，我之前就說了，Noey 總有一天會進

醫院的，我真的很難不擔心他。」

「Noey已經平安了，Tim姨不用擔心。」

「謝謝你，小Thi。」

我笑著接下來自Noey母親的感謝。不久之後，Tim姨就先行離開了，只剩下躺在床上、像植物一般絲紋不動的傷患與我一同待在病房內。我回過頭望著Noey，他仍舊靜靜地躺臥著、久睡不醒，我朝Noey靠近了一點，將手輕輕地伸進他冰冷的掌心，就這樣握著他的手。

「Noey。」

「……」

「該醒醒囉，睡太久了。」

「……」

我知道，說了Noey也聽不見，但還是想對他說說話。

我繼續看顧著Noey，直到感覺到些許空腹感。我離開床邊、打開自己的袋子，裡頭有要帶給Tim姨的餐點，還有為自己準備的點心。我翻出一小袋附贈的麵包，就在那一刻，我感覺到背後有東西在移動，隨之一愣。

我回過頭去，隨即發現Noey正在漸漸甦醒。他緩緩地將手移動到腹部上，我連忙放下手中的東西，邁開大步朝他奔去，我望著Noey，好高興，高興到幾乎不知所措。他慢慢睜開眼睛，眨了眨，總算看清了我的臉。

我很開心，真的真的很慶幸Noey清醒過來了，我的雙手

都在顫抖。

「Noey、Noey！」我喊著他的名字，他的視線才慢慢地從四周收了回來。我一邊燦爛地笑著，一邊望著Noey，而他則是靜靜地凝視著我、一語不發，直到我開始感覺到異樣。

「Noey……」

「你誰啊……」

怎……怎麼會？

我愣在原地，為對方脫口而出的簡短問題感到極度震驚。

這……難道他不記得我了？就像電影那樣，因為頭腦受到打擊而失去記憶了嗎？腦海中各種想法瘋狂地湧現，讓我愈發害怕。我盯著Noey的臉，而他仍舊凝望著我，我不知道現在應該做些什麼，我嚇壞了。

「你誰啊……為什麼這麼可愛？」

Noey說完便放聲大笑，還處於震驚中的我這才明白——我被整了，我又被Noey整了。剛才的恐懼旋即轉變成不悅，我看著Noey那被娛樂到的笑容、因為成功捉弄到我而真心感到喜悅的模樣……

我不覺得這很好玩，一點也不好玩。

他怎麼可以拿這種事情來玩弄我？怎麼能夠拿這種事情當有趣？

「嘿。」

「很好玩是嗎？」

「……Jamnien。」

「看到我這個樣子很有趣是嗎，Noey？」我出聲質問他，語氣比自己預料中的還要冷漠。我沉默地望著對方，直到這個調皮的小伙子臉上漸漸失去笑容。

我想，他應該明白我沒有想配合他的玩笑了，我真的不喜歡這樣。我之前擔心他擔心得快發瘋了，不知他到底何時才會醒來，結果Noey一甦醒，就裝得像不記得我了一樣，誰會覺得好受？誰會不感到害怕？

我很怕，剛才我真的非常非常害怕。

「Noey，你覺得我的反應很好玩是嗎？」我開口，感覺自己眼眶周圍熱熱的，我試圖深呼吸以穩住情緒，已經好久沒有感受到這種心情了。

「對不起。」

「……」

「不玩了，我不鬧了。」我聽著Noey的道歉。看到我難過，他似乎也覺得歉疚。

我觀察著他的表情，接著背過身去，隨便擦了擦眼淚。我走回那袋餐食旁，裝作在翻找著什麼，儘管現在一點想吃東西的心情也沒有，但我只想先找些事情做，等待心情回復。

「欸……你啊，噢！」

一聽到驚呼聲傳來，我趕緊放下東西、走回床邊。Noey

一副想撐著扶手站起身來的樣子，大概是因此拉扯到了傷口才會讓他痛得叫出聲來。我立刻抓著他，讓他躺回原位，我一想要退開，Noey就連忙拉住我的手臂。

我看著那隻抓著我胳膊的手，其實自己應該是撥得開的，Noey此時的力氣應該還比不過我。但我決定站在原地靜靜看著他，聽聽Noey的說詞。

「我開玩笑的，不要生我的氣嘛。」

「……」事實上，我現在已經沒有像一開始那樣這麼生氣了。我很清楚Noey愛開玩笑、喜歡鬧人的個性，光是看到Noey醒過來，可以和他對話，我就安心了許多。不過只要想到他那樣整我，就還是有點生氣……我都要嚇死了，知道嗎？我很擔心啊！

「對不起，我不會再這麼做了。」

「……」

「欸，你這樣，我會怕啦。」

「……」

「對不起。」

「……」

「Thi哥，Noey跟你道歉。」

我終究還是心軟了。我轉身移動到他的身邊，剛才那些憤怒、難受幾乎都消失了，只因為Noey一句道歉。我知道他是真心感到抱歉，Noey此時的表情和眼神並不難解讀。

「不可以再做這種事情了，其他人也都在擔心你。」

「嗯，不會了，我不做了。」

「Noey 你啊……」

當對方使了一點力，將我的手拉到他胸前貼著之時，我不禁一愣。

Noey 望著我，並輕捏著我的手，「還以為，沒辦法再見到你了。」

「……」

「我也一樣很害怕啊，那時。」

「但你現在見到我了。」

「不過，你知道嗎？」

「……」

「我以為，那時候的我已經夠害怕了。但剛才你轉過身去的時候，我他媽的真的怕死了。」

「Noey。」

「不可以走喔，Jamnien，不要去別的地方。」

該死，這小子……

唉，我是還能去哪啦？不是不想去，而是哪裡都去不了了。

痞子壞壞愛
I Will Knock You

❤ 第二十下　命運讓我們相會

「Wanlapa，我要吃蘋果。」

「好，等一下幫你削。」

「Jamnien，我口渴。」

「啊？」

「Saowanee？Saowanee你在哪？」

「我在這，在上廁所啦。Noey有什麼事嗎？」

「幫我拿一下手機。」

「你自己拿得到。」

「幫我拿一下。」

「Potjaman[1]，幫我轉臺。」

我握緊拳頭、深吸了一口氣後，抬起頭看向躺在床上的人，對方的手正指著電視。該死，我今天一整天都在忙他的事情，Tim姨有事情要辦，所以託我替她照顧Noey一整

1　Potjaman（พจมาน）：為小說《金沙屋（บ้านทรายทอง，或譯金沙別墅）》的女主角名。該書曾於一九七九年翻拍成電影，是多次重新翻拍成影視作品的知名IP。

034

天，而自尋死路的我還認為「沒問題」「看顧Noey只是小事一椿」，結果……比我想像中的還要困難得多了。Noey使喚我使喚了一整天，因為他無法自行移動，便要我替他做牛做馬，看來這小子就算是尚未百分之百痊癒的狀態，依然有的是方法能整得到我，我確信了。

現在已經晚上十一點了，但傷患還是沒有想要休息的跡象，就只是不斷捉弄著我，我只好打開電視敷衍他，自己則閃到不遠處的桌邊看書。我也差不多要到迎接考試來臨的時期了，必須讀書、複習課程內容來備考。今天我帶了自己蒐羅來的所有書籍和電影來應付Noey，因為我猜測自己必須在這裡待上很長一段時間，結果也如己所料，為了代替Tim姨，我必須在這裡住上一晚，Tim姨原本也不太好意思麻煩我，是我自告奮勇的。我既要讀書，又要複習上課內容，不太能休息，但Noey看起來並沒有要體諒我的意思。

我起身走過去關掉電視，Noey馬上「欸」了好大一聲。

「該睡覺了，Noey。」

「我還不睏啊。」他一不想睡覺就會來鬧我，所以我很想讓他盡快就寢。

「你先躺下來，等一下躺著躺著就會睡著了。」

「你也還沒有要睡，我要怎麼睡。」

「我要念書。」

「你已經念了一整天了欸。」我讀了一整天，但你也一直在胡鬧打擾我啊！不就是 Noey 你不停拿一些雞毛蒜皮的小事來煩我的嗎？

我搖了搖頭，不再聽 Noey 說下去，回頭繼續念自己的書。但手機上突然又跳出訊息通知，讓我不得不再次停下。還會有誰？傳 LINE 給我的當然就是床上那個小子！坐在那麼近的地方還要傳訊息來，Noey 又在玩什麼把戲？

花火寺在前：欸。
花火寺在前：想看電影。

「該睡了。」
「想看電影。」
「Noey！」
「想看電影。」
「……」
「一起看嘛，Jamnien 小姐。」

我嘆了口氣，回過頭看向獨自坐在床上吵鬧的傷患，一旦無視他，他肯定會鬧得更凶，所以我只好先向他妥協，不然 Noey 是絕不會善罷甘休的。我也不想再繼續看書了，就陪著 Noey 一起看電影吧，說不定他過不久就會想睡了。

「不要用電視看。」我走去打開電視時，Noey 突然說

道。什麼？不用電視看，那是要怎麼看？

「你拿你那個薄薄的小螢幕來播放，過來這裡一起躺著看。」他說著，一邊將床拍得砰砰作響。

瘋⋯⋯瘋了嗎，Noey？那是病床耶，怎麼可以讓別人躺上去？

「Noey，那不是被禁止的嗎？」

「誰禁止了？沒聽說過，也沒聽醫生講過。」

「Noey！」

「是在怕什麼啦？要是醫生來罵你，我就幫你罵回去。你輕得要死，就只是上來一下下，床不會塌啦！」身體狀況一轉好，「花火寺Noey」的樣子就回來了是吧？就喜歡在那邊叫囂。看樣子Noey是無論如何都不願意妥協，要跟他吵還怕會吵輸咧！我朝房門口瞥了一眼，才去取過iPad、拉了張椅子在病床一旁坐下。

一見到我這麼做，Noey就大聲呸嘴，伸出沒有受傷的那隻手拉過我的胳膊，讓我一個不穩倒在了床上。

「Noey！放開我喔！」

「你躺過來這裡，快點！拿來，我要看。」當我跌坐在床上時，Noey已經將iPad抽走了。

我只要作勢要下床，就會被Noey出力拉住，我只好乖乖倒下來躺在他身邊。Noey把腳跨過來、壓住我的身體，我不滿地瞪著他，但他似乎不怎麼在乎，只是繼續滑著螢幕尋找

他中意的電影。

吼，真的很任性耶！

最後我還是投降了，才休養沒幾天，Noey的力氣就回復了許多。他剛甦醒的那天，力氣比我還小得多，但看看現在的他，一出力就能把我拉得踉蹌倒下，他真的是個傷患嗎？

「要看哪一部？」我開口發問。Noey看著視窗滑來滑去，卻沒有一部喜歡的，他正要將iPad放在肚子上，我見狀趕緊將之搶了過來，因為他要是這麼做，肯定是會碰到傷口的。

「想看哪一部？」

「《木棍》[2]。」

「哈？」

「你不知道嗎？『飛鳥斷翼、靈蛇噴火、梅花標迴旋』？」他滿臉認真地問道。說實話，我不確定他講的是哪一部作品，是電影對嗎？我不太看泰國電影，所以不太清楚。

「那《雙獅對決》[3]呢？」

「那是哪一年的電影？」

「一九六四。」

呃……No、Noey？我問你，我認真問你，你到底是怎麼知道這部片的？

2　《木棍（คนแน่น）》：一九七〇年的電影，為小說改編的作品，講述一名年輕警官入獄十年後回來復仇的故事。

3　《雙獅對決（สิงห์ล่าสิงห์）》：講述男主角尋找父親死亡真相及搶奪愛人的故事。

「吼，是 Sombat Metanee[4] 和 Mitr Chaibancha[5] 主演的啦！」

「……喔。」

「『浴血拚搏，一剖見心，人人口耳相傳，我啊，是至高無上的獅王』呢？欸？真的假的？」他仍是一副不敢相信我沒有看過的表情。我真的很想抱頭大喊——媽的，你不是才十六歲嗎？怎麼會認識這些東西？是誰帶著你看這些電影的？這也太老了吧？

「看《雙獅對決》。」

「呃……你是認真的嗎，Noey？」

「嗯，我要看。」

最後，我還是隨著他的意思，打開搜尋引擎找到這部電影。哇，好老，真的好古早，說不定連我媽都沒有看過呢。

我躺臥下來繼續觀賞，這其實是部武打動作片，其中也有男女主角之間一些情情愛愛的橋段。我偷瞄了 Noey 幾次，他非常認真地在欣賞，真的真的很認真，眼睛還閃閃發亮的，讓我開始懷疑，自己為了哄 Noey 睡覺而妥協地給他放電影，這是否真的是個爛想法，這對他來說應該是行不通的吧？

白天放剛下檔不久的電影給他看，他明明都一副想睡覺的樣子，但是一播老電影，他竟然就觀賞得如此醉心，真是

---

4 Sombat Metanee（สมบัติ เมทะนี）：從一九六○年代開始活躍於泰國演藝圈的知名男演員兼導演。

5 Mitr Chaibancha（มิตร ชัยบัญชา）：泰國一九六○年代的知名男演員 。

個怪人。

「這個人叫什麼名字？」

「演員的本名還是電影裡的名字？」

「都想知道。」

「Sombat Metanee 演的男主角叫做 Intharadaet。你先前看到的、那一幕裡的女生是 Petchara[6]，她飾演 TaengAon，TaengAon 是女主角。」Noey 指著裡頭的角色。

我們持續往下看，Noey 偶爾會解釋劇情給我聽，甚至還會向我講述劇中演員的一些事蹟。當聽到他說出這些事情的時候，我非常驚訝，他比我小這麼多歲，卻對這些電影跟演員瞭若指掌。

「你喜歡哪一個啊？Sombat 還是 Mitr？」

「一開始喜歡 Mitr，後來喜歡 Sombat，但現在我都不喜歡了。」

「嗯？那喜歡誰？」我轉頭向他詢問之時，卻發現 Noey 已經在凝視著我了。

我挑了挑眉，Noey 卻只是淺淺地笑著，沒有作答。見他不願回答，我只好努努嘴。好吧，不說也沒關係。

我盯著螢幕，感覺眼皮愈來愈沉重。能讓我醒著看完整部的電影本就屈指可數了，這部的片長還特別長，再加上我

---

6 Petchara（เพชรา เชาวราษฎร์）：一九六〇年代的知名女星，從一九六一年到一九七九年間拍了近三百部電影。

並不是老電影的愛好者，就算它是武打動作片，我也真的沒辦法繼續看下去了，好想睡覺。最終，我無法讓雙眼隨時保持睜著的狀態，就這樣不經意地睡著了。

我更沒有意識到，自己從微微打著瞌睡、到沉沉睡去的模樣，全都被某個人盡收了眼底。

「欸。」

「……」

「睡著了喔？」

「……」

「我不喜歡Sombat，也不喜歡Mitr了。」

「……」

「因為我喜歡你啦，TaengAon。」

「好無聊。」

「Noey。」

「我想離開這裡。」

「Noey！」

「幹，好無聊！」

誰來幫我應付一下Noey啦，救命喔！

Noey從一大早開始就抱怨著想離開醫院，來探望的Tim

姨已經念到不知道該念什麼才好了。現在 Tim 姨從這個令人疲憊的狀態下脫身，下樓尋食去了，只剩我一個人在房裡看顧著 Noey。

昨晚我一不小心在病床上睡著了，還好在被別人撞見之前就驚醒了。Noey 帶著我看了一部老電影，但我其實只看了半個小時吧，不知道 Noey 他有沒有看完，當我醒來的時候，他已經睡著了。

一想起昨晚的事情，剛才在早晨時分看見的畫面又流回了腦海中，讓我不由得輕咳了兩聲。我清醒過來時，發現自己正抱著 Noey。

沒錯，是我抱著 Noey。

我都想把臉埋到地底下去了，還好 Noey 醒得比較晚，我想，要是讓他知道了，他肯定會感覺非常詭異。我對於發生了這種事情而感到很震驚——因為我只要一睡著，通常都會睡得很死，睡著時是哪種姿勢，睡醒時也會保持著同樣的狀態。我還是覺得自己抱著 Noey 睡覺這件事情很奇怪。

「想尿尿。」Noey 突然出聲，於是我從自己的講義上抬起頭來。

好吧，得帶他去上廁所了。我將手中的東西置於桌上，移動到 Noey 身邊，幫助他慢慢下床。其實 Noey 已經可以自己站起來了，只是移動時必須緩慢且小心，不然可能會影響到傷口、產生不必要的疼痛。他攬住我的脖子，

我的身形比他矮小一點，但還是必須好好支撐著他。我扶著Noey進入廁所，並握住他的手，讓他能抓好扶手、維持身體的平衡。

「好了，我去外面等你。」我簡短地說完後，就來到洗手間外頭。我並沒有讓Noey鎖上門，以防他不慎發生了什麼意外，才來得及進去幫忙。

就在我佇立在外等候之時，突然有一道低低的咒罵聲傳了出來，於是我敲了敲門、詢問對方，「Noey，你有沒有怎麼樣？」

「沒……唉喲……」聽見他如此哀嚎，我不禁擔心了起來，於是決定開門進去。Noey依然站在小便斗前，他轉過頭來看向我，嚇了一大跳，趕緊拉著衣服下襬遮掩。

我承認我也被嚇到了，見他光著下半身，褲子掉到了腳邊，看來剛才的叫聲，應該是他想蹲下去把褲子拉起來，但因為拉不起來而發出的吧。

「先別過……！Wanlapa！出去！」Noey一隻手拉著衣服遮住他的重要部位、一邊嚷嚷著，想把我從廁所裡趕出去。但我不覺得這有什麼好害臊的，反正都同樣是男孩子。

「你進來幹嘛！我還沒穿褲子耶！你……先出去！」

「那你要怎麼把褲子拉起來？不是蹲不下去嗎？」我碎念著，對他皺了皺眉。Noey似乎一句話也說不出口，只是不斷閃躲著，但我還是向他走近，並彎下身提起他掉在地

上的褲子。這小子拚了命想遮住自己的私密部位，讓人不禁發笑。

「我幫你綁，反正你自己也綁不了。」

「夠了。」

「害羞了嗎？」

「你沒有一點羞恥心嗎？居然進廁所來抓其他男人的褲子！」

「我不也是男人嗎？」我對他說道，並將褲子拉了上來，直到蓋住所有該遮住的地方，替 Noey 繫好褲帶、打理好儀容後，這才退開。

Noey 愣在原地，一動也不動，他撇過頭看向廁所的牆壁，不願意看著我，令我輕笑出聲。Noey 現在絕對是害臊了，這死小孩，就這麼一點小事。

「你在害羞什麼？」

「你……該死的！」

「再正常不過的事情，Noey 有的，我也有。」

「就是、你不能在入洞房之前看到它吧?!」

「啊？」

「幹，這麼不合傳統，要先趕快把婚結一結。」

「等……等等，Noey……」

「不用先結婚嗎？突然就、媽的，最好快點結一結！」

這下換我說不出話來了。Noey 不知道在叨念什麼，結、結

什麼婚啦？誰要跟你結婚？知道自己在說些什麼嗎？胡說八道！

「夠了，過來，我帶你回床上躺。」

「等一下！」

「Noey！」我嚇得喊了出來。Noey突然將我拉了過去，我立刻縮起脖子、躲避個子較高的那個人——不要，這是怎樣？他又要欺負我了嗎？

我閉緊雙眼、轉頭躲開Noey，我們兩個靠得太近了，近到讓我的心跳開始亂了節奏。

不行，Thi，不可以，別亂想，不准想！他才十六歲！

「明明這麼小一隻，很厲害嘛……」

「No、Noey！離我遠一點！」我輕聲說著，並且出力推著Noey的軀體，但似乎一點效果也沒有。Noey的手移過來摟住我的腰，將我整個人拉了過去，我想退開、想要推開他逃走，但不知道為什麼，我只能夠雙眼緊閉地呆站著。

「你喜歡年紀比較小的？」

「Noey！」

「很喜歡吧？」

「你夠了，不要整我了，不然……」

「不然怎樣？」

「不然我就、我就要打你了喔，Noey！」我不顧一切地說了出口，這樣說不定能讓對方感到有些害怕，但一想又覺

得好笑，像我這種人，Noey 有什麼好怕的。

　　但、是哪裡出錯了？Noey 竟然笑了出來。

　　「你要打我喔？」

　　「……」

　　「嘴硬。」

　　「Noey！」

　　「這麼嘴硬能活著拿到長輩的禮金嗎？」

　　「喂！」

　　「如何？要打了嗎？」

　　「你不是說你要變乖寶寶了嗎？」

　　「乖寶寶？不當了，當你的寶寶比較好。」

　　「No、Noey！」我立刻轉頭瞪了他一眼，感覺臉都燙了起來。

　　Noey 勾了勾嘴角，害我不知該如何是好，只能站在原地讓 Noey 摟著，我的心臟跳得飛快，快到害怕會被 Noey 發現。

　　「喜歡我了吧？」

　　「才……才沒有！」我立刻出聲反駁道。他聽到就將臉靠了過來，直勾勾地盯著我看，讓我不得不馬上閃避視線。

　　「問心無愧的人是不會像你這樣的，Jamnien。」

　　「Noey，可以住手了嗎？不要欺負我。」唉，我要哭了喔，這小子到底想對我做什麼？是想從我身上得到什麼啦？

　　「你怕什麼？」

「我沒有。」

「你喜歡我。」

「Noey，我說過了，我沒有喜歡你。」

「你喜歡我。」

「沒有喜歡。」

「喜歡。」

「沒有！」

「是嗎？但我喜歡喔。」

「沒⋯⋯啊⋯⋯哈？」我嚇得目瞪口呆，愣愣地回頭看向對方，Noey似乎很開心能把我嚇成這樣，他對我挑了挑眉。

「不⋯⋯不要亂說這些有的沒的！」

我馬上將推著Noey的手收回來，搗住自己的臉，真是既害臊又羞恥，搞得我不知所措，從小到大從沒有過這種感覺，不知道該如何應對才好。Noey的笑聲迴盪在我的耳邊，讓我感到有些害怕。

「Noey，不要再欺負我了，你這個壞孩子。」

「罵我喔？」

「你到底想怎麼樣？」

「你老實說，每天跟我聊天真的不心動？」

「不准再說了。」

「我有交過年紀比我大的，有個年長情人其實也不錯。」

「……」

「不過，你來當我的馬子會更好，我想要你成為腳踩排氣管的妹仔，要試試嗎？」

♡

（花火寺在前向您傳送了照片）

（花火寺在前向您傳送了照片）

（花火寺在前向您傳送了照片）

TEW107：北七喔，傳那麼多照片來幹嘛啦！

TEW107：蠢牛，炫耀個屁，人家才抱你一下就在秀喔？

我要拿去跟哥說，叫他離你遠一點。

花火寺在前：你覺得他這種人會自己主動抱我嗎？

TEW107：什麼意思？

TEW107：靠北，你這混蛋！很會設局欸。你這壞心女配角的圈套是從哪齣劇學來的啊？

花火寺在前：他不知道啦。

TEW107：我要站在Thi哥那邊。

你這小子壞透了，嘴上還說人家誘拐未成年，你才在吃老菜脯吧！

花火寺在前：哼！

花火寺在前：是有點老啦，但我是絕對不會放開這個人
的。

💓第二十一下　有些人必是天生一對

「媽。」

「幹嘛？」

「好無聊。」

「無聊就去睡。」

「好無聊。」

「你想要做什麼？」

「想出去飆一下。」

「飆你個頭啦！Noey，去睡覺，快去！」Tim姨的大吼從店內傳了出來。

自從得知Noey已經出院之後，我就會帶一些東西來託Tim姨轉交給Noey。我今天來到Tim姨的餐廳，很驚訝地發現Noey也在店內，還以為他會待在自己的房間裡呢。我向他們走近，母子倆一瞧見我就愣了一下，停下對話轉頭看向我，我趕緊雙手合十地向Tim姨打招呼。

「小Thi買了什麼？怎麼帶了這麼多東西過來。」

「噢……我拿這些來只是想請Tim姨幫忙帶給Noey而已。」

「喔喔，小Thi來了也好，去陪Noey一下，他從一大早

就在嘮叨了。就因為他，我什麼事情都沒辦法做！」

　　Tim姨似乎想擺脫自己的兒子，所以才將Noey丟給我。我其實也不是很想接下這個燙手山芋，但既然都來了，還能怎麼辦呢？我嘆了口氣，再次回頭看了看Noey，他正坐在塑膠椅上、後背倚著牆壁，還不停地抖著腳。Noey一出院便馬上回復成原本的打扮，手都骨折了，還能夠打理出那種髮型喔？

　　「喏，我買來給你的。」

　　「你買來給我，都有沒有考慮過只剩一隻手的人能不能夠自己吃嗎？」

　　我遞出裝著水果的袋子，望著Noey，他裝作在注意其他地方，不願意轉頭看我。我朝牆角瞥了一眼，發現有個矮矮的小圓凳被放在不遠處，便走過去將它拿了過來，在Noey的身旁坐下。自從考試期間開始的那天起，我就沒有再來探視過Noey了，等到他出院回家好幾天了才來探望他。不然能怎麼辦？我也需要考試啊，擔心自己的未來是很正常的吧！

　　不過看看眼前這個大男孩的樣子，因為我都沒來看他，他顯然不怎麼開心。

　　真愛鬧彆扭！

　　「我昨天剛考完試，所以今天才能來看你。」

　　「哼！」什麼啊？他這是真的在鬧彆扭？認真的嗎？

「Noey。」

「……」

「我帶了一些吃的來給你，有想要吃哪一個嗎？有很多水果喲！」

「……」

「也有點心，要吃嗎？」

「……」

「你要繼續這樣子的話，我就要回去囉。」

「我要吃葡萄。」

我忍笑著，發現這招有用，Noey終於願意說話了，不過他仍然在微微鬧著彆扭，問一句才答一句，彷彿擔心自己會破功。我清洗完葡萄並裝盤後，走回來坐在他的旁邊。

「喏。」

「要怎麼吃？我就只有一隻手。」

「你要我餵就直說。」

「誰要你餵了，我又不是三歲小孩，還需要你拍著屁股哄。」

我差點要笑出來了，這孩子怎麼會這樣呢？外表是Dang Bireley，但內在卻是《小情人》[7]的Noina？我低頭拿起一顆葡萄，抵到他的嘴邊。Noey起初還不肯張嘴，但在我不停地逗

---

7 《小情人（แฟนฉัน）》：二〇〇三年的泰國電影，講述Jeab收到兒時玩伴Noina的喜帖後，回想起當年單純天真的Noina及兩人青梅竹馬的點點滴滴的故事。

弄之下，最後還是接受了。我含笑看著Noey因嚼葡萄而鼓起
的臉頰。

「考完了沒？」

「嗯，考完了。」

「後天成績就要出來了。」

「嗯？」

「我說，成績要出來了。」

我疑惑地微微挑起眉，但下一秒就明白他所指的事情了
──Noey曾對我說過，要是他得到全年級第一名，就會跟我
要獎勵。說真的，我還以為他忘記了。

「你不要說話不算話就好。」他冷靜地望著我說道。

「你那麼有信心是嗎，Noey？」

「嗯。」

那麼認真就對了？好吧，既然如此，那我就拭目以待
吧，看Noey你對考試如此用心，我也感到很開心。好想知道
他究竟想要什麼，竟然能使他有如此幹勁。

「夠了，飽了。」才餵了沒幾顆葡萄，Noey就開口表示
足夠了，事實上他自己也伸手拿了不少，都吃掉好幾串了。
我起身將盤子拿去清理乾淨，接著坐回原位，Noey看起來想
要去調整電風扇的位置，我便主動走過去、幫他移動了一下
電扇，並替他加大風量。

「舒服了嗎？」

「我又沒有殘廢，你不要弄得好像我什麼都無法自己動
手一樣。」

「好吧，那我下次就不弄了。」

「不行，我有時候也會不方便啊，你做了就做了吧。」

噢？Noey？你知道嗎？我都快跟不上你的思考模式了。

「是說，你放假的時候都在做什麼啊？」我試圖與他聊
天，就從日常生活上起頭吧。我想，如果是健全狀態下的
Noey，他絕對是不會乖乖坐在這裡讓電風扇吹的。眼前的
他與外頭忙碌的餐廳工作相較起來，更讓 Noey 顯得百無聊
賴。

「問這個幹嘛？」

「看你好像很無聊的樣子啊。」

「無聊又怎樣？」

「說不定你會想做些什麼吧？我可以陪你一起玩。」

「為什麼 Jamnien 總喜歡把我說得像是小孩子一樣？」
Noey 對我皺著眉頭，朝著自己的瀏海吹氣。

「Noey，你的頭髮長長了，不想修剪一下嗎？」

「不要來管我的頭啦。」

Noey 似乎是真的很寶貝他那顆龐畢度頭，一點都不能
碰、也不能提。我望著他的頭髮，雖然還是有那個造型在，
但不如以前那番一絲不苟了，或許是因為 Noey 現在的手不太
方便，又或者是沒有使用髮膠。

　　像他這樣的孩子會打扮成這副模樣，還是讓我感到很驚訝，這種髮型已經不太常見了，而他應該是經常做著這般造型，才會定型得如此好看。

　　「你看什麼？」Noey發現我正盯著他的髮型看，便開口問道。

　　「我只是在觀察你的髮型而已。」

　　「你想說什麼？」

　　「沒有，其實我還滿喜歡的。Noey，你真的是很有自己風格的孩子呢！」

　　「喜歡我就直說。」

　　「呃……你！」冷不防被下了一招，令我不禁語塞。

　　吼，Noey，可以不要再說這件事了嗎？我都盡可能地避開不去想了。我現在真的很害怕，要是Tim姨剛好走過來、聽見了，她會不會再也無法放心讓家教老師跟自己的兒子混在一起。我很擔心，Noey才剛要滿十六歲，我不想被關。

　　「這個髮型很難整理嗎？」我決定轉移話題，再次回頭討論起他的髮型。

　　Noey向上看著自己的髮絲，「想知道這是怎麼弄的嗎？」

　　「嗯。」

　　「那就把那個背包裡的東西拿過來。」

　　我轉過頭，照著Noey指的方向看去，有個小小舊舊的黑色背包放在不遠處。我起身將它拿起，打開一看，發現裡頭

有梳子跟造型髮膠。我將背包遞給Noey。

「現在把頭髮梳開。」

我看著手裡的梳子，然後舉起手來梳起自己的頭髮，Noey卻突然拉住我，要我停下。

「小傻瓜，是要你梳開我的頭髮啦！還需要我一步一步教喔？」

嘿，誰會知道啊？尤其你還是那種很寶貝自己頭髮的人，不是嗎？怎麼會願意讓別人幫你梳頭啦？而且你不是已經做好造型了，梳了不就毀了嗎？

「快點啦，我教你。」

「要是梳了你的頭髮，你的髮型就毀了啊。」

「你以為這是完好的狀態嗎？過來，我教你怎麼弄。」

但我仍舊只是困惑地呆坐著，於是Noey抓起我的手、放到他的頭上，我完全不知所措，只好微微嘆了口氣。好吧，來吧，反正Noey也允許讓我來替他做造型了。

我緩緩提起手中的梳子，一點一點地梳開Noey的頭髮，將它們分區，Noey似乎沒有上任何髮膠，只是太常抓整頭髮而定型了。黑色微長的頭髮慢慢地垂了下來、覆蓋住Noey的臉龐，我輕緩地將他的頭髮陸續順開，偶爾梳到打結的地方，Noey還會不經意地抗議幾聲。不一會兒後，那顆龐畢度頭就消失了，只剩下一頭凌亂的長髮。他怎麼有辦法留這種髮型啊？不會熱嗎？不會覺得煩燥嗎？而且他還

是個學生耶，頂著這顆頭去上學是可以的嗎？老師不會罵人嗎？

　　還是說……老師已經罵到不知道該怎麼罵了？

　　「接下來要怎麼做？」

　　「做造型的時候，你必須要保持態度，不是說做就做。這個髮型從十八世紀開始就已經存在了，它很神奇、很古老。」

　　「呃……好。」

　　「把頭髮梳上去。」

　　「這樣嗎？」

　　「全部梳上來。」我照著 Noey 所說的，將髮絲順著髮流梳上去，慢慢梳到不會翹起來為止。Noey 抬起頭來觀察我的動作，這個角度的他真的很好看，直挺挺的鼻梁、眉毛也很濃密，五官非常立體。

　　「現在拿起另一支梳子，用捲梳來捲。」

　　「哪一個？」

　　「圓圓的那個。」

　　我轉頭看向包包，拿出他指的捲梳──那是一支包覆著塑膠梳齒的圓梳。我依他所言而動作，這支梳子很難掌握耶，要怎麼做、才不會破壞到造型呢？它好容易會讓頭髮卡住啊。

　　「然後梳理側邊，用一般的梳子。」Noey 拿起鏡子照了照

之後，繼續指揮道。我必須時刻遵循著頭髮主人的命令，因為我真的不知道該怎麼做，要是他不滿意，等一下又要發脾氣了。

「可以上髮膠了。」

「這裡有兩個罐子欸，是這個對嗎？」

「那個是凡士林。」

「咦？但這個不是凡士林的罐子啊。」

「我從凡士林的罐子挖出來放進去的。凡士林的罐子又不酷。」

看來我還不夠了解這個孩子呢！這樣也行喔，Noey？

我取了適量的髮膠出來，均勻地在整個掌心上推開，接著抹在他的頭髮上，盡可能不要抹得太多、或是弄到他的傷口，只要足以定型就好。我在頭髮尾端輕輕搓揉，一點一點地幫它塑型，直到有個樣子出來。Noey透過鏡子檢視著這個步驟，眼睛眨也不眨，應該是擔心我會毀了他的造型，才會這麼仔細地盯著看吧。

「然後要放一點點瀏海下來。」

「要放下很多嗎？」

「這樣就夠了。」

我處理著前方的一小撮髮絲，那是Noey髮型的一大特色，他叫我將之捲出一個弧度，但他這也不要、那也不喜歡。你知道嗎？我替Noey做整體造型的時間，還沒有比調整

瀏海時花費的時間長呢！看樣子這應該就是做這個髮型時最需要巧思的地方了。

「完成了。」我從 Noey 身旁退開，在一旁坐了下來。

他拿起鏡子觀察著自己的頭髮，側著臉不斷地左瞧右看，擠眉弄眼得讓我差點要笑出來。

「嗯，Wanlapa，弄得很好看。」

「謝謝。」

「以後還要常常幫我弄喔。」

「我又沒有那麼閒。」

「等娶進門，那時你就會自己主動幫我弄了啦。」

「！」

我嚇得趕緊回頭看向外頭，非常擔心 Tim 姨會聽到剛才那番話。但我更害怕會因此入獄，因為我差點就對一個孩子心動了，這令我不禁背脊發涼。Noey 這是一點都不明白我可能會面臨到的風險是吧？替我著想一下吧！

「怎樣？」

「Noey，下次不要再這樣說了。」

「怎樣說？」

「就……那個結婚什麼的，不要再隨便說了。」

「我哪有隨便，我只對你一個人講而已。」

天啊，Noey 你！我真的不知道該說些什麼了。

「如果被你媽聽到，會出事的。我不想讓你媽誤會。」

「誤會什麼？」

「就……就是……唉喲！Noey！」

「Tim小姐可是很厲害的！你婆婆很有錢喔，要好好記住。」

婆……婆婆什麼啦！他是在講什麼啦！

「你之後也帶我去拜訪一下岳母喔。」

「Noey，夠了夠了！不要再講這個了可以嗎?!」我舉手制止，努力傳達想立刻停止這個話題的訊號，他見我如此著急便輕笑出聲。

他將手伸了過來，捏住我的鼻尖輕擰，我被這個舉動嚇得說不出話來。我抿了抿嘴唇，不知所措，只能就這樣站在原地，讓Noey捏著鼻子。

他想幹嘛就幹嘛吧，也沒再說什麼奇怪的話了，應該沒關係吧？

「欸，TaengAon。」

「又有新名字了喔？」聽到新的稱呼，我微微蹙起了眉。不過這個名字好像有點耳熟，等等可以來想想是在哪裡聽到的。

「可以好好喊我的名字了嗎？Noey。」

「為什麼？」

「要是我嘗試用別的名字來喊你，你會有什麼感覺？」

「試試看啊。」

　　我想了又想，不知道要拿哪個名字來喊他才好，我又不像Noey一樣那麼有創造力。Noey見我苦思，便輕輕地笑了出來，他把手從我的鼻子上收了回去，理了理自己的衣領。Noey摸摸自己側邊的頭髮，接著轉回來望著我。

「臉長這樣，應該要叫Sombat吧？」

「Noey！」

「喊我Sombat。」

「認真的喔？Sombat？」

「嗯，我是Sombat，而你是Petchara。」

「哈？」

「Petchara小姐。」

吼喲，什麼啊？我完全搞不懂了！

　　說真的，自從跟Noey相遇開始，我到底得到過幾個名字了？Noey也太努力尋找各式各樣的綽號來稱呼我了，年紀輕輕的，腦子竟然在這些事情上動得這麼快。我望著他，他只是不停地挑著眉，好討人厭。

　　「Noey。」突然有道呼喚穿插進來，我轉頭看向聲音的來源，是Tim姨在尋找著自己的兒子。對方一看到我跟Noey坐得那麼近，立刻露出驚訝的表情，我的心底剎那間升起一抹莫名的擔憂，害怕會被Tim姨發現任何異狀，但就在下一秒，我不禁愣住了──Tim姨走過來拉住我的手臂，要我起身遠離她的兒子。

「小 Thi 不要太接近 Noey 這小子，阿姨的兒子可是會咬人的。」

「啊……？」

「你不要對人家哥哥做什麼奇怪的事喔，死 Noey！」

「哼！」

「你該放人家回家了。」

「不放！」

「唉呀，真是替他頭痛。」

「請等一下。」

「媽，我說了不放就是不放，妳想怎樣？Sombat 必須要跟 Petchara 配在一起，媽媽妳是哪位啊，竟敢這樣插手其中？」

「啥?!這小子，我是你媽耶！」Noey 站直身體後步向我，用沒有打著石膏的那隻手勾住我的脖子，輕輕將我拉了過去。

我張大嘴巴，沒想到 Noey 竟敢在 Tim 姨面前對我做出如此親暱的舉動，我又急又怕，在母子倆之間焦急地來回望著。看看現在的 Tim 姨，她顫抖著手，看起來都想要去拿衣架打人了。

「那隻野鴿求著偶　咕咕叫　鳥兒等待著情人[8]」

8　〈求愛的鳥兒（นกเขาคูรัก）〉的歌詞，於一九八四年發行，由 Judhamas Vatanajang（จุฑามาศ วัฒนจาง）和 Sudhipong Vatanajang（สุทธิพงษ์ วัฒนจาง）所合唱。

我轉頭瞥了一眼，Noey 突然平靜地唱起歌來。Tim 姨又是念又是罵的，讓我連聽都來不及聽，見 Noey 如此倔強，她最後也只好退讓了。

後來 Tim 姨就出去了，整個空間內就只剩我和 Noey 兩人。我還是很不解，所以剛才是發生了什麼事情？Noey 為什麼突然就唱起了歌來？

「唉　交頸蜜蜜語　天可憐見　吾心何如」

「Noey，你在幹嘛啦？」

「哥亦心定　情堅　愛汝

小妮子卻視而不見　天地良心」

「夠了喔，夠了，不要再玩了。」我想要退開，但 Noey 卻把我拉了回去，靠得比原先更近。

此刻，他的嘴唇在我的耳邊，我緊緊閉著眼睛，而 Noey 卻把我的脖子摟得更緊。該死，要是 Tim 姨回來看到我們這副模樣，肯定會出事的啦！Noey，不要再鬧了！

我全身僵硬，而 Noey 則放低唱歌的音量，在我耳邊輕輕哼著，我也只能乖乖聽著這番低沉的嗓音，真的是討厭死了。

「鳥兒相戀　只是愛語切切　不如人類花言巧語」

「Noey，不要再欺負我了。」

「哥不像那鸚鵡　嘴裡嘰喳個不停

但求你發自內心　哥的心口一致」

我應該要為他感到羞恥嗎？這小子，不知道到底在搞什麼。

「看吶　哥見牠們彼此調情嬉鬧

你得如牠們那樣　哥會像牠們那樣」

「……」

「恆永不變……聽到了嗎，Petchara？」

「Noey，你今天是不是又欺負哥哥了？」

「沒有。」

「要死了，我還真沒想到是小 Thi。死 Noey，我必須拿多少金條去給他爸媽，人家才會接受你啊？」

「錢喔？我知道媽妳不缺啦。」

「對啦！我就只是在操心，不過你也不要太撩人家了。」

「沒有撩。」

「是喔？你在人家耳邊那樣嘀嘀咕咕地唱什麼野鴿，還不是在撩嗎？」

「媽又在念了。」

「唉，人家 Thi 哥肯定是看不上你這種小鬼的。」

「在那人的眼裡，妳兒子可是很帥的駒！」

「自戀。」

「妳自己也曾經說過，在爸的眼裡，妳美如天仙。」

「這小子！」

「媽，不要罵妳兒子自戀，這是顯性遺傳吧？」

「唉，真的是懶得跟你爭了。」

「我也懶得跟媽說了，妳快點繼續去煮湯啦。我要來跟Jamnien講電話了。」

「是是是！」

痞子壞壞愛 I Will Knock You

♥ 第二十二下　一見便知

　　一放暑假，要準備考大學的學生們都去尋覓補習的去
處了。他們大多數都會選擇去知名的大型補習班上課，因此
我在這次假期中，收入比平時少了許多，學生也只剩下兩、
三個了。坦白說我並不在意，他們能選擇更有效率的方式學
習，也算是一件好事，比起我這種大學生，給受過專業訓練
的補教老師上課，應該可以得到更好的效果。

　　「Thi 哥，那我們就先回去了，再見。」

　　我舉手接下學生們的合十禮，看著他們離開店內。整張
桌子就只剩下我一個人了，竟然不禁感到有些寂寞，因為平
時沒有這麼早下課過，得習慣一下了。我低頭將物品收進包
包裡，準備離開，但就在此刻，我發現外頭開始下雨了。於
是我緩緩放下正在收拾東西的手，這下子應該沒辦法馬上回
去宿舍了，因為我必須走去等車，路途中肯定會被淋濕，大
概得在這家咖啡廳再待一陣子了。

　　我多點了一杯咖啡、坐下來找一些事情做，等待時間過
去，但看看外頭，無論經過多少分鐘，雨都沒有要停止的跡
象，還好宿舍裡沒有正在晾曬的衣服。不過，我到底什麼時
候才能回得去呢？

嗡——嗡——

　　我頓了一下，將視線從店外的街景中拉了回來，我低頭看向手機——是 Noey 打來的。我最近不像先前那樣有去輔導他，因為他還沒完全康復，我跟 Tim 姨都想讓 Noey 先好好休息、把傷口養好，但倒是有陸陸續續從 Tim 姨那裡聽說那傢伙有多麼不聽話。

　　「你好。」

　　『你在哪？』

　　「我剛上完家教，人在外頭。」

　　『那是下雨的聲音嗎？』

　　「嗯，我在咖啡廳裡，等雨停了之後就會回去。」

　　『在哪家店？』

　　當 Noey 這樣反問時，我就看穿他的想法了，他肯定是想要跑來找我。Tim 姨最近都不希望 Noey 拖著傷勢在外面到處亂跑，這次 Noey 還想要冒著風雨出來找我，這就更不像話了。

　　「Noey，我知道你在想什麼，停下來喔！」我連忙制止他。

　　『我問你在哪家店。』

　　「你真固執。」

　　『你才固執。』

「你身體還沒好，不要逞強。」

『這麼一點小傷，你覺得這能絆得住我？』

「Noey，再小的傷，我都會很替你擔心。不要讓人擔心好嗎？」

『唉喲！』

「怎麼了？」聽到電話另一端傳來這樣的喟嘆，我微微皺起眉頭。

『怕我死了之後，你要守望門寡喔？』

天啊，Noey！你才年紀輕輕，怎麼淨想著這些事情啊？

『好吧，既然如此，我不出門也可以，但你要開一下鏡頭。』

「Noey，我人在外面，不方便。」

『開鏡頭，不然我就要關上家門跑出去找你了喔！』

「好好好，我開……」我只能向Noey妥協。

我嘆了一口氣，掛斷電話，然後接起對方打來的視訊通話。我將鏡頭架在一個我跟他都能看清楚彼此、不太遠的距離，映照著十六歲少年的影像出現在我眼前——今天的Noey不像平時那樣、做著Dang Bireley或是其他復古的裝扮，只是穿著富有少年氣息的黑色背心，任由黑髮披在後頸，他現在的模樣就像個隨處可見的普通男孩。

『欸。』

「怎麼了？是想看到我的臉嗎？」我含笑地問著對方。

我落坐的角落十分隱密，店裡也沒有多少人，所以不會因為別人的眼光而感到害臊，不過還是盡可能地放低音量，免得打擾到他人。

『就想看啊。』

我不禁輕笑出聲。你看看，之前是誰如此這般地說是我先喜歡上他的？有時說我跟蹤他，有時又說我迷戀他。看看現在，每天都想打電話來撒嬌的，是誰才對啊？

我重新將視線轉回螢幕上，突然發現有些異狀——Noey的脖子上沒有他平時戴著的那條黑色管符項鍊，取而代之的是一條銀項鍊，上頭還掛著熟悉的墜子。那是我們剛認識的時候，我曾經送給他、讓他可以贈送給母親的墜子。

我為此感到震驚，「那個是我給你的，對嗎？」

『唔……』Noey低頭看著自己的項鍊。

「你不是說要拿去送給媽媽嗎？」

『沒有。』

「你說謊？」

『我才沒有說謊。』

「Noey，我不喜歡說謊的小孩。」

『我真的沒有說謊，一開始真的有拿去給我媽，只是……』

「只是什麼？」

『我也不知道為什麼，重新意識到的時候，我就不想再

讓別人碰它了，所以我就跟我媽要回來戴了。』

聽到 Noey 的回答，我沉默了。天啊，他這是在刻意留著我送給他的東西？真是個愛吃醋的小子。

『欸，不要生氣啦。』

「沒，我沒有生氣，只是好奇而已，反正我都給你了，你要自己拿著還是要給誰都是你的事，我不會說什麼的。」

『欸，你今天為什麼要穿這一件？』

「怎麼了？」聽到他這麼問，我便低頭看了看自己的衣服，就是件沒有花紋的普通白襯衫而已，有什麼讓他感興趣的嗎？

『沒事……』咦？這小孩是怎麼了？

我看向外頭，雨已經快停了，應該可以回去了吧？

「雨要停了，我得回去了，先這樣。」

『等一下。』

「怎麼了，Noey？」

『想送你，先別掛電話。』

Noey，你怎麼會黏我黏得這麼緊呢？我輕輕地笑了出來。好吧，這小子想一邊講電話一邊送我回去、就讓他送吧，不關鏡頭也沒關係。我將背包背上單肩，另一手拿著電話、走出店裡，隱約覺得有點害臊，這是我第一次這麼做。我不時瞥向螢幕，Noey 就這樣支著下巴、不停地看著我。

「你到底要看我看多久呀？」

『誰想看你，想太多。』

「那我掛囉？」

『你一掛我就騎車出去找你，要嗎？我知道你現在在哪裡。』

「你怎麼知道的？」

『這城市沒有哪個地方是我花火寺Noey沒踩過的，到處都有我的足跡。』

好的、老大。我認了，我投降，我明白花火寺Noey有多偉大了。

「知道了、知道了，真愛吹牛……」

『我有聽到。』怎樣啦，還以為我說得很小聲了。

『如果你是在我旁邊說的話，你現在嘴巴可會是裂開的。』

「Noey你這是要教訓我？」

『嗯，當然，我現在也想教訓你。』Noey一說道，我便不禁一愣。

什麼啊，這些習慣還沒改掉嗎？

「如果你是想要使用暴力的話，我可不會喜歡喔。」

『知道是用什麼來教訓你嗎？』

「……」

『你真的以為我會用拳頭來教訓你的嘴巴喔？』

「嗯。」

『我連捏你都不敢了，誰敢揍你？你的頭才那麼一點大，臉頰也一小小的，一碰就碎了。』

「嘿，我說……」

『我要修理你的話，才不用那種方法呢！Wanlapa，我可是還有很多招式的。』我看著Noey，他別有深意的笑容竟讓我無法參透他所指的是什麼。剛剛不是才說要教訓我，但又說他連捏我都不敢，不懂他到底是想做什麼。

『明天你會來我家？』

「你怎麼知道？」我打算明天去探望一下Noey，順便過去替他補習。

其實我是跟Tim姨講好了，要是Noey的身體能承受得住，就差不多該讓他上課了。因為Noey正要升上高二，我希望他的課業可以跟上其他同學，而Tim姨似乎也同意，很樂意讓我繼續教導Noey。對，Noey其實沒有那麼糟糕啦，雖然他偶爾會賴皮，但只要認真起來，他也能做得如他自己吹噓的一樣好。

『明天可以一大早就來嗎？』

「一大早喔？」

『嗯，想跟Jamnien相處久一點。』

我不知道該對這些話抱持什麼樣的想法才好，突然像這樣表示想見面、想相處久一點。是誰教他這麼做的啦？這根本就不是花火寺Noey！一開始明明就只會嚇唬我，但將目光

放到現在，這個開口要我快點去找他的人到底是誰？

「好啊，那我明天一早就過去，你也要記得不要睡太晚，知道嗎？」

『誰會睡太晚啊？我才不會咧。』

我就這樣一邊等車、一邊和Noey聊著天，而他也依他之前所說的，通著電話送我返回宿舍，我終於回到房間了。進到屋內放下東西，我就聽見房內傳來了喵喵聲，不是什麼奇怪的東西啦，是我朋友的貓、Phach的。之前Phach要我陪他帶貓去看醫生，看完便讓貓借住在我的房裡，但Phach目前沒有時間來接回去，應該要到明天才會有空。

『好了，你到家了。』

「對，那我就掛電話囉，Noey，掰掰。」我微微舉起手、笑著向他道別，但對方立刻掛上電話、就這麼消失在螢幕裡，留我自己尷尬地笑著。什麼啊？不說個再見嗎？想掛電話就掛喔？

我搖搖頭、看著自己的手機，發現電量所剩不多，於是我走到房間的角落插上電、將它放置在桌面上，便拿起預備好的毛巾前去沐浴了。感覺全身都黏答答的，洗完澡再來躺著看電影或聽歌好了。

我進入浴室準備打開水龍頭，還沒沖洗身體，就想起沐浴乳已經用完、忘記將新的拿進來了。於是，我用毛巾隨性地圍住身體、走回外頭，去取放在浴室旁邊那罐新的沐浴

乳，但我的眼角卻瞥到 Phach 的貓在我的手機附近跳來跳去的，似乎正在玩充電線。我擔心手機會掉到地上，連忙走過去將小貓抱了下來，同時也將手機拿遠。就在我注意到手機螢幕的時候，不禁嚇了一大跳——此時畫面顯示著回望螢幕的 Noey，他的眼睛瞪得老大。不知道為什麼會變成這樣，我猜肯定是小貓不小心按到接聽鍵了。

完……完蛋了，我現在沒有穿衣服！

我一想到這裡，就感覺到整張臉都在發燙，我趕緊關掉鏡頭，簡直要暈倒了，剛才還把鏡頭舉得這麼高，不知道 Noey 會不會說什麼……該死，好想揍那隻貓。我用力搓著自己的臉頰，開始覺得很害臊，我從來沒有讓別人看過自己這個樣子，就連 Phach 和 Tong 都沒有看過！這是不是因為上次在醫院幫 Noey 穿褲子而得到的報應啊？我能理解為什麼明明我有的他也有，但那時 Noey 還是會感到害羞了。

不過……Noey 應該沒有多想吧？他剛剛就什麼也沒說啊。

隔天早晨，我被設定在一早的鬧鐘喚醒，起床盥洗打扮，將要拿去 Noey 家裡的東西都準備齊全。我跟 Phach 聯絡過了，如果他要來將貓接回去，可以直接去找樓下的保全大

哥，我已經將貓裝進籠子、託付好了，Phach 很常來我的宿舍拜訪，他應該也知道要怎麼做才能聯絡到保全大哥。

我離開宿舍，來到 Noey 的家門前，路途花了約一個小時的時間。我看見 Tim 姨在自家門口掃著地，便出聲向她打招呼，Tim 姨見狀馬上開了門迎接我，我也連忙舉手向對方行禮。

「小 Thi，今天怎麼這麼早過來？」

「是 Noey 要我早點來的。」

「要死了，這死小孩，到底是什麼原因讓他每次都這麼想見到你的啊？」

「哈哈……」

「要是他太任性，小 Thi 可以跟阿姨說喔，我來處理。」

「謝謝阿姨，但 Noey 沒有做什麼讓我覺得辛苦的事情，您可以放心。其實他現在已經變成一個好孩子了，比以前可愛很多。」

「所以我說……為什麼死 Noey 會黏這孩子黏得這麼緊啊？」

「您說什麼？」

「哎呀，沒事。來、孩子進來吧，Noey 還沒睡醒，你想去叫他起床也可以喔，他的房間，只要走上二樓一看就能認出來了。」Tim 姨請我進到屋內後，就離開繼續去整頓花園了。Tim 姨是一個人在照顧這些植物的嗎？這裡真的好漂

亮,這表示阿姨她一定是個很喜愛花草樹木的人。

我依照Tim姨的指示走進屋內,Noey應該是真的還沒有睡醒,屋內非常安靜,沙發上有隻白色的貓在打盹,應該就是Noey給我看過的那一隻。我放下行李,坐在沙發上等待,一邊搔著貓的頸側嬉戲。雖然Tim姨允許我自行去叫醒Noey,但我還是不太敢上去二樓,因為我不是他們的家人,也沒有那麼熟稔,直接上去感覺不太妥當,在這裡等候會比較好。

就在我跟貓咪玩耍的時候,突然聽見有喧嚷聲從樓上傳來,我猜那是Noey的聲音。我轉過頭,Tim姨還沒有回到屋裡,我應該要上去找他嗎?但那是Noey的臥室,他是個很在乎、保護自己私人領域的人,我這樣貿然闖入,他應該會不開心。

最後,我選擇守在原地繼續逗貓,Phach的貓很高傲,但這一隻就很愛玩,比Phach養的那隻可愛多了。我從沙發上起身,移動身子跟貓坐在一起、逗著牠玩,好一陣子後,就聽見快速移動的沉重腳步聲從樓上傳來。

「媽!媽!」Noey呼喊母親的聲音大得讓我嚇了一跳,以為發生了什麼事。他那跟同齡人相比要來得高大許多的身軀從我的面前經過、奔向門口,他似乎還沒發現我正身在他的家中。

我有些訝異地發現,Noey下半身只圍了一條浴巾,上半

身還穿著昨晚看到的那件黑色背心。起初還打算跟Noey打招呼，但見他一副很想找自己母親說話的樣子，便沒有出聲，等Noey講完話後再向他搭話好了。

「媽！」

「Noey，這麼大聲幹什麼?!你不怕……」

「媽！它出來了！」

「啊？什麼東西出來了？」

「它出來了！」

「你冷靜一點，是什麼？你的什麼？」

「而且它還下不去。媽，該怎麼辦才好？快帶我去看醫生！」

「你在幹嘛？我看別人的兒子都沒有你這麼會發神經。你說清楚，什麼東西出來了？又是什麼東西下不去？」

「這個！」

「啥？」

「這個啦！有液體跑出來了！然後它現在消不下去！」

我好想笑，但必須要忍住。

喔喔——小伙子終於長大成人了。

我望著花火寺Noey驚慌的模樣，只能搖頭，他肯定是被自己身體的異狀嚇到了。年輕男孩大多都會遇到這種狀況啦，我其實也有遇過，但也是好久以前的事情了，不過我可不像Noey一樣有被嚇到喔，因為我有在書上看過一點，健教

老師也有教過，所以我了解這些常識，能獨自應付這樣的情況。不過看樣子，這個小混混並不知道那是男性身體長大成熟的訊號。

「它豎起來了啦，媽！帶我去看醫生！」

「Noey，不用去啦。」

「嚇！」我一開口，Noey便大聲叫了出來，Tim姨則走到兒子的身旁。

Noey嚇得眼睛圓瞪，連忙抓緊圍在下體的浴巾。他的頭髮仍舊亂糟糟的，我想他一定是剛醒來，一發覺異樣就嚇得趕緊跑下樓來。

「你……你！」

「你不用去看醫生，這很正常，你沒上過性教育的課程嗎？」

「臭Noey，你夢遺喔？」

「啊……哈？媽！妳在說什麼！走開，妳繼續去澆花啦！」

「嘿！你這小子，剛剛叫我叫得要死要活的，我一過來，你又趕我回去，真是夠了！」Tim姨嘮叨完，就走回去繼續照顧植物了。我看著他們母子倆輕輕一笑，剛剛發生的真是一件趣事呢，呵呵。

「不用驚慌，這是件很自然的事情。」

「你……」

「跑出來的那個，叫做精液。至於勃起……就先等等吧，晚點就會自己消下去了。」

「你給我閉嘴！」Noey對著我大吼大叫，接著立刻轉身衝回樓上的房間。

我坐在原地笑著，果然小孩子就是小孩子，剛才Noey似乎是感到很害臊，原本那個大哥Dang Bireley、地痞混混和花火寺Noey上哪兒去了？不就是一個剛長大成人的青少年嗎？

Thi，看到了嗎？他才剛要長大而已，想做什麼的話，就先等等吧。

「等……等等……Noey，」

「……」

「Noey……嗯……」

「……」

「不行……Noey，那裡不行，不、啊！」

「……」

「Noey不……啊……」

「……」

「Noey、Noey，我要……我……啊！」

「！」

　　Noey 一醒過來，那對銳利的雙眼立刻瞪得老大，又燙又急的喘息令人膽寒，他全身上下布滿了汗水，彷彿剛跑完馬拉松似的。外頭的光線從窗櫺投射而入，此刻時間應該已來到了早晨。

　　剛才的……是夢？

　　十六歲少年從床上慢慢撐起精壯的身軀，他呆坐著、讓自己清醒幾分後才拉開身上的被子，一低下頭，他就嚇得不禁「咦」了一聲。少年看著自己與平時有著些許不同的身體部位，在早晨通常不太會見到如此驚人的情況，但在今天，花火寺 Noey 的肉體卻傳達出了某種訊號。

　　「……幹……」

　　剛長大茁壯的少年拉開、看到自己的褲子裡頭後，再次感到震驚不已，自出生以來不曾遇過的情況讓他嚇得半死，當他回過神來時，已經跑下樓去找媽媽了。但還來不及從母親的嘴裡聽到任何解釋，Noey 就又被嚇到了──他發現那皮膚白皙的家教老師正坐在家裡、對著他笑。

　　他剛才還在夢裡呢！

　　在家教老師告訴他那些事情後，Noey 便連忙躲回樓上、鎖上房門，落坐在皺巴巴的床單上。他用沒上石膏的那隻手抓著頭，讓原本的亂髮變得更加凌亂。

　　真的嗎……？這真的發生在我身上了嗎？

　　「欸？我長大了耶！」

……阿姐啊，現在我長大成人囉。[9]

9　出自〈阿姐啊（พี่สาวครับ）〉的歌詞，由泰北歌手 Jaran Manopet（จรัล มโนเพ็ชร）所演唱。

💗 第二十三下　愛意萌生 夢寐思之

「如果這是一個奇數，那它的指數就會是……」

「哈……」

「Noey，專心一點。」

「我很專心。」

「那我剛才解釋了什麼？」

「根號什麼的。」

我深吸了一口氣，看著坐在對面的頑劣學生。我今天來到 Noey 的家裡教課，因為 Tim 姨還不想讓他出去亂跑。Tim 姨說，要是我不去找他，他就會嚷嚷著說他要去發動摩托車，一副很想出去玩的樣子。我其實可以理解他的感受，畢竟他本來就是個喜愛自由的少年，現在卻不得不乖乖坐下來等待他那死板的家教過來替他上課，會感到無聊也是理所當然的。

「唉，頭好癢喔。」

「別抓得那麼大力。」

「就很癢啊。」

「別抓。」我趕緊把 Noey 的手拉開，但他還是一臉不悅。

「我從出院之後就沒有洗過頭了，媽的！」

　　我能明白Noey的不舒服，因為他頭上有傷口，還縫了好幾針，醫生通常都會囑咐傷者不要讓傷口碰到水。我想了想後、站起身向Noey走去，我扒開他的手，觀察他的頭部，幸好Noey只是抬頭盯著我看、願意乖乖坐著讓我檢查。Noey的傷口開始結痂了，有些部分也已經好得差不多了，從Noey出院的時候算起已經過了快一個星期，他的頭髮長度又長，應該是又熱又煩又癢，更何況他還不管不顧地每天做著造型。我望著他的傷口評估著，好同情這個孩子啊，應該可以幫他洗頭吧？小心一點、別讓傷口碰到水就好。

　　「想洗頭嗎？我等一下幫你洗。」

　　「好。」Noey想都沒想就答應了，我淺淺地笑了，接著就被Noey牽進了浴室。

　　我拿了一張小凳子過來放好，而Noey也將一只黑色的大塑膠盆拖進浴室內。我愣愣地看著這名十六歲的少年躺進塑膠盆裡，他將頭擱在盆子的邊緣，抬起頭來看著我。

　　「好好洗、快快洗。小心別讓泡泡跑進我的眼睛裡喔，Wanlapa，不然你就慘了。」

　　你看看，就算我是真的想要幫他，他都還要先恐嚇我一下，這小子真的是……

　　我在自己跟Noey的頭之間留下一段方便清洗的距離，並坐了下來。我慢慢收攏他的黑色長髮，將它們聚集在一起，

Noey 就這樣閉上眼睛躺著。

我拿起蓮蓬頭，輕緩地替對方洗著頭。

「欸，」

「怎麼了？」

「想聽歌嗎？」

又來了，Noey 也太喜歡唱歌了吧，我時不時就會聽到他在唱或哼著歌。如果要問我他現在唱的這首是什麼樣的歌曲，我敢說，那絕對不是現代的流行音樂。

「嘿喲！ 嘿哈！ ⋯⋯嘿喲！ 嘿哈！

傍晚時刻 完成田務 吹著笛子 帶水牛兒散步

清風徐來 沿著溝渠走過⋯⋯[10]」

我一邊憋笑，一邊聽著十六歲 Dang Bireley 唱出花腔。我曾聽過這首歌，小時候隔壁的鄰居大叔常常會唱，而 Noey 竟然也會唱，簡直讓人難以置信。

「萬分——愉悅坐上牛背 牛也啃著草

田中青蛙呱呱叫 蛙聲喧鬧 在細雨紛飛時⋯⋯」

「你怎麼會唱？」我向閉起眼睛唱著歌的他發問，他的

---

10 鄉村歌曲〈詠田（ขมทุ่ง）〉的歌詞。

手指正隨著歌曲節奏在盆子邊緣輕晃。

「這首歌是 Odd 4S[11]的對不對？」

「不認識，那是誰啊？」

「就是唱這首歌的人啊。」

「這首是 Phloen Phromdaen[12]的。專輯《詠田》，CD 446。」

我頓時瞪大眼睛、停下正在替對方洗頭的手。

Noey 睜開眼睛看著我，「我有音樂播放器，我媽買給我的，想聽嗎？我等一下拿下來。」

「像收音機的那個？」我再次為 Noey 感到吃驚，不是因為我沒有見過 Noey 所說的那個東西，那是一臺可以播放泰國老歌的機器，我曾經在電視廣告上看到過，前幾年去探望奶奶的時候，家裡也是買了這個機器拿去送她。我還以為只有老人家會喜歡這個，原來 Noey 也一樣嗎？真的很讓我驚訝，他真的是那種很喜歡舊東西的小朋友耶。

「Noey 喜歡聽老歌？」

「怎樣？」

「我看你很熱中於一些復古的東西，可以告訴我你為什麼會喜歡嗎？」

「你想知道？」

---

11 Odd 4S（อ๊อด โฟร์เอส）：泰國鄉村歌曲中的教父級歌手及作曲家。
12 Phloen Phromdaen（เพลิน พรหมแดน）：從一九七〇年代開始活躍至今的男歌手、作曲家及演員。

「嗯。」

「我也不知道。」

嗯？Noey 這是怎樣？通常不是都會帶有一些理由嗎？

「突然就喜歡上了。」

「……」

「對你也是，突然就喜歡上了。」Noey 抬起視線、望著我。

我不禁緊緊地抿住雙唇，原先還有許多事情想問，但現在我卻只能以沉默回應、什麼也說不出口。我感覺身體有些發燙，不由得轉去盯著自己正在替他洗頭的手，以掩飾臉上的潮紅。Noey 啊 Noey，你又在鬧我了，一天也好，就不能讓我平平靜靜地度過嗎？怎麼那麼喜歡欺負人！

「戀上你了 怎麼辦 愛得認真又痴狂

你有愛過人嗎 如何呢 憂心錯過……[13]」

新的歌詞又從他的嘴裡滑落，這次 Noey 不只是唱歌而已，他還拉過我其中一隻手，放到自己的胸口上。我的臉龐因這名十六歲少年的舉動而一陣灼熱，只能靜靜地坐著，正在洗頭的手也停了下來，任由 Noey 握住自己的手。

---

13 泰國老歌〈愛上你了（รักคุณเข้าแล้ว）〉的歌詞，原唱是 Suthep Wongkamhaeng（สุเทพ วงศ์กำแหง）。

「……終究戀上你了　說了不可能
總有天會對你動心……」
「……」
「戀上你了　全然的　你別不理不睬　我們相愛好嗎？
既然我仍愛你　你也愛我會如何　能相愛　別想多了」

　　唱完最後一句，Noey便做出一件令我意想不到的事情
——他握著我的手、向上移動，碰觸自己的唇瓣。我的心臟
跳得飛快，不明白Noey怎麼會有這樣向我進攻的勇氣。

　　看著身下那人露骨的眼神，我緊抿著嘴，而Noey則輕輕
地挑了挑眉。唉，這小子真是討厭死了，我好想使勁捏他、
在他的皮膚上留下瘀青。他怎麼可以這麼耀眼？以前的黑道
都是用這種方式來撩人的嗎？握著別人的手唱歌這招，已經
騙到過多少個少女的心了？

「Petchara，害羞囉？」
「誰害羞了！」
「你啊。」
「自戀。」
「害羞就害羞啊，嘴硬什麼。」
「這點小事，我幹嘛要害羞？」
「說是這麼說，但你要不要看看你現在的樣子？」
「喂！」

「不要再嘴硬了。」

「怎樣？」

「不然接下來要進攻的，就是你的嘴了。」他又一次把我的手舉起，去碰觸他的嘴唇，我趕緊將手抽了回來。

Noey 的嘴角揚起了一抹微笑，我不敢再繼續跟他爭辯下去了，不知道這小子是從哪裡學到這些的，聽聽他說的那些話，十六、七歲的少年怎麼這麼會撩人？我比他大了好幾歲，卻都還不及他呢！他怎麼可以這麼突然地就講出那些話？太荒唐了，我得趕緊幫他把頭洗完，不然肯定又會被 Noey 欺負了。

好不容易替 Noey 洗完頭，我也幾乎用盡了全身的力氣。Noey 使出渾身解數來調戲我，又是揶揄、又是威脅的，你這個小壞蛋！我知道你待在家裡很無聊，但也不能這樣每五分鐘就來調戲我一次吧！

Noey 現在正舒坦地斜坐著、滑著手機，自從洗完、吹好頭髮之後，Noey 就停止抱怨頭很癢這件事情了。他指使我去幫他找一些吃的過來，而對方則舒舒服服地打開了電視。我能拿他怎麼辦？他身體不方便，而且這裡還是他家，看來我注定是拿他沒轍了。

　　我捧著水果盤和點心盒向他走近，Noey 則用遙控器敲了敲他旁邊的位置。我原本表現出不想坐在那裡的樣子，卻被他凶了一頓，也只能嘆了口氣、妥協地走過去坐下。

　　電視上正播著一部老電影，還是黑白的呢。更稀奇的是，這部電影竟然沒有聲音，還是 Noey 把它關掉了？

　　「這次又是什麼電影？」

　　「《雙重運氣（โชคสองชั้น）》」

　　「喔？」

　　「這是泰國的第一部電影喔，全部都是泰國人自己做的。」

　　「真的喔？是哪一年的電影啊？」我問道。在醫院看的那部什麼獅的，我記得是一九六四年的片，我已經覺得很古早了，不知道這部會不會更老。

　　「西元一九二七年。」

　　「啊……哈？」我被嚇到了，這部片居然這麼老，我真的非常非常吃驚。

　　我的視線在 Noey 的臉和電視機的畫面上來回交替著。哇靠，他是不是在騙我啊？我真的很訝異 Noey 會知道這部片，我比他早出生了好幾年卻都不知道，而且那部片還比我大了個四、五輪呢！

　　「看過好幾次了，它沒有聲音，只能靠自己想像。」

　　「真的嗎？」

「那是男主角 Gamon Manoch，是一名縣長，他現在要去抓壞人，所以得住在 Phrayaphichay 的家裡，他在那裡遇到他名叫 Walee 的姪女，然後就愛上她了。有看到嗎？那個。」

「太厲害了，Noey。」我忍不住真心稱讚他，Noey 總是能讓我既驚奇又訝異。Noey 一聽到我的誇讚，視線便離開了電視螢幕、轉過頭來看向我。

「你稱讚我？」

「對啊。」

「你最近怎樣常常在誇我？你連一點點都忍不住了嗎？」

……我會忍不住動不動就罵他，就是因為這樣啦。

「我問你，你都這麼喜歡我了，為什麼還是不來追我？」Noey 皺緊眉頭。

我滿臉震驚地迅速往外頭看去，害怕會有人聽見。雖然他媽媽現在不在家，但一下子說得這麼直接也不太好吧！要是有人路過聽到了，一定會覺得是我在誘拐小孩，我的未來會因此變得黯淡無光的啊！

「還是說，你相信古語說的『愛要矜持』？」

「欸！」

「強摘的果子不甜？」

「Noey！」

「不吃酸、等吃甜？我覺得我現在已經很甜了耶，你還想再吃更甜的喔？」

「天啊，你夠了喔，Noey！」我只能在這個壞蛋講出更多奇怪的話之前搶先制止住他，他發現我的失態，便笑了出來。

頭髮微長的少年轉過身，將手肘撐在椅背上、認真地望著我。Noey 的長髮都將臉給蓋住了，我看著都替他感到煩躁，不得不伸手、替他將髮絲撥到耳後。我做這個動作並沒有多想什麼，但對他來說似乎不只如此，Noey 一逮到機會便抓住我的手，我想抽回來，他還不放。

「Noey，放開我。」

「……」

「Noey，別鬧了，為什麼你就這麼喜歡欺負我呢？」

「你怎麼會覺得我這是在欺負你？」

「你就是在這麼做啊！」

「真的？」

「夠了。」

「我平時鬧你，你不是都會生氣嗎？」

「喂！」

「我才應該要生氣吧，明明是你才對吧，都是 Thi 哥在欺負我。」

一說完，Noey 就俯下身、將我和他的距離拉得極近，他還用其中一側的手臂將我困住，讓我來不及躲開。被這個孩子逼到這種地步，讓我倒抽了一口涼氣，我側過身想避開

他，卻不知道該躲去哪裡，整個人幾乎都要陷進沙發裡了，
但Noey還是繼續把自己的臉壓得更低，逼得我只好用雙手將
人推開。他今天鬧我鬧得太多了，真的是太超過了！

「立……立刻停下來，Noey！」

「不要。」

「等一下會被別人看到的。」

「被看到就被看到。」

「Noey！」我真的想伸手去掐他了。真是夠了，這小
子！他一天比一天變得更囂張了，見我最近都沒做什麼反
抗，這次就鬧得更厲害了。

「你又害羞了，Walee。」

「不要那樣叫我！」聽到他用電影女主角的名字稱呼
我，我便立刻斥責他，但Noey見我不喜歡就更加開心了。

「為什麼呢，Walee？」

「Noey！」

「Walee小姐不喜歡哥嗎？」

「快點閉嘴啦，Noey！停下來！」

「不愛小混混，電影的男主角你也不喜歡，唉，真的很
難討好耶！」Noey對我發著牢騷，但他那副想要欺負人的表
情還是沒有消失。我仰躺著、不斷試圖推開他，可是不知不
覺地，Noey沉默下來了，就只是一言不發地凝視著我。

怦通……

被 Noey 用這樣的眼神盯著，我感到不知所措，下一秒，年紀較輕的那個人慢慢將臉靠了過來，我的心臟立刻開始加速。我張大眼睛看著 Noey，感覺我和他之間的距離正一點一點地縮短。

我彷彿被他催眠了一般，只能回望那雙漆黑的眼眸。Noey 的臉龐更加靠近了，溫熱的呼吸終於拂落在我的臉上……

「Noey！過來吃飯！你今天有沒有乖乖聽 Thi 哥的話？」

「唉喲！」

當聽見 Tim 姨的聲音響起時，我頓時嚇了一大跳，身體也不由自主地彈了起來。就在剛剛，我不小心用力地撞在 Noey 身上，讓他「唉喲」地叫了好大一聲。我就被嚇到了啊，不然要怎麼辦？我被嚇得手忙腳亂的，連忙撐起身體重新坐挺。不一會兒，Tim 姨就走了過來，我盡可能地表現出最正常的樣子。

但是，要死了，我剛才不小心打到 Noey 了，而且還打得非常大力。

我轉頭看看 Noey，他立刻與我拉開距離，起身準備離

開。我愣愣地張著嘴，還來不及呼喚他，Noey 就已經背著他那高大的身軀離去了。

　　我和剛進來的 Tim 姨都很好奇 Noey 為什麼會突然這樣，他跺著腳就直接回到樓上的房間去了。

　　我……讓 Noey 生氣了嗎？

　　「小 Thi，臭 Noey 又怎麼了？」

　　「我……應該惹 Noey 生氣了。」我抿著嘴、微微低下頭，因為我害怕 Tim 姨在知道我不小心傷害到她兒子之後，會對我有所不滿。但我不是故意的，真的不是故意的，我沒有想害他受傷的意思。

　　「那傢伙？會生你的氣？」

　　「是的。」

　　「阿姨覺得，小 Thi 你有時候不用這麼相信他所表現出來的一面啦。」Tim 姨簡短地說完後，就又走出去了，留我一個人呆坐在原地。

　　我深吸了一口氣，慢慢地走上 Noey 家的二樓。這是我第一次上來，雖然這可能有些不妥，但我真的對 Noey 感到很內疚，很擔心他會一直生我的氣，我真的不是故意的。

　　我來到其中一間房間的門口，從門前貼著的老舊電影海報，大概就能得知這間房間的主人是誰了。我下定決心、敲了敲門，等待裡頭的動靜。

　　「Noey？」

「……」

「Noey，我很抱歉，可以跟我聊一下嗎？」

「……」

「我不是故意要打你的，對不起。」

「……」

「Noey 弟弟？」

我試著轉動門把，卻小小吃了一驚，因為 Noey 並沒有鎖門，我便自作主張地踏進門內，或許 Noey 是氣到忘記鎖門了。他臥室裡的裝飾完全反映了他本身的模樣及喜好——整個房間貼滿了老電影、老樂團的海報，設置在房間角落的電腦還是舊款的白色箱型機種呢！我慢慢地觀察四周，發現某個人正躺在床上、蜷曲著身體。

我爬上他的床，輕輕戳著他的身子，「Noey？」

「……」

「Noey，對不起。來，讓我看一下，是不是傷到哪裡了？」

「……」

「很痛嗎？」我擔心地問道，很害怕會不小心碰到傷口，讓它的狀況變得更糟。我抓起他的棉被、慢慢拉開，Noey 並沒有拉住或是做任何反抗，就只是乖乖地讓我把他翻成正躺的姿勢。那時發現 Noey 好像在對我生氣的時候，我真的是嚇壞了，Noey 面無表情的模樣，更是讓我感到歉疚。

「剛才打到哪裡了？有打到傷口嗎？」

「……」

「Noey，我很抱歉。」

「你打我。」等了許久，對方才回話，這讓我安心了一點點。至少Noey還願意跟我說話。

「我知道，所以我才跑過來跟你道歉啊。」

「真的超痛的，骨頭像是要斷了。」

「真的嗎？」

「對啊，你很討厭我吧？」

「Noey？」

「討厭我也不用對我下重手吧。」

「我沒有討厭你。」

「你沒有討厭我，那你對我是什麼感覺？」

「……」當Noey反問我的時候，我緊緊地抿住雙唇。

Noey仍在逼著我給出答案，他面無表情的臉龐和強硬的語氣，讓我開始覺得，我今天或許真的不小心傷到了Noey的心。

「你有聽到我在問你什麼對吧？」

「Noey，我真的沒有討厭你。」

「那你對我有什麼想法？你是怎麼想的？」

「……」

「回答我。」

「我……我就沒有討厭你啊。」

我不知道該怎麼回答Noey，因為我很害怕，要是照著內心的想法說出口、依照自己的感覺回答了，可能會演變成不好的事態。可是看看此時的Noey，他似乎非要逼問我，直到我正面回答了他為止。我回頭瞥了房門一眼，長嘆了一口氣。

好吧……

「你討厭我了。」

「我沒有討厭你。」

「沒有討厭，那是怎樣？」

「就……嗯。」

「嗯什麼嗯，你是啞巴嗎……？」

「你很想要我喜歡上你不是嗎……？就喜歡上了啊！」

「！」

「不……不要再問了！」

「呵。」

「笑什麼？」

「呵呵。」

「Noey……你在耍我嗎?!」

「你打我，是真的會痛。但箭射得那麼直接，哥的心都要裂了，Walee小姐。」

該死的！我又被這小子騙了！

❤ 第二十四下　即使見不到面

　　孩子們的暑假足足有一個多月的時間，但身為大學生的我們仍要繼續上課。再過不久就是期末、準備要升上大四了，因此我和朋友們最近都特別忙碌，不只有系上的作業和實習的準備，還要應付選修課程，真的是正值期末風暴。我現在已經不接家教了，因為真的沒有空閒的時間。

　　「幹，好想死。」

　　「你已經抱怨一百遍了，Tong。」

　　「唉，怎麼會這麼累啊？」

　　我轉身看向Tong，他大聲嚷嚷完後、躺倒在一張長木椅上。我笑了笑，其實我也一樣疲憊到想大吼大叫，但現在已經懶得為此出力了，最近每天都盯著電腦螢幕看，已經不知道過了多少天，熬夜熬到黑眼圈都冒出來了。不只睡得少，還把咖啡當水喝，超級傷身體的。

　　現在已經晚上八點了，我和好友們卻仍坐在系館裡，我們約好了要一起做小組報告，因為再過沒幾天，繳交的死線就要到了，只好相互幫忙、趕工一下，幸好我負責的部分只剩下一些些了。

　　「幹！喂，該死該死該死！」

就在我們埋頭寫著報告的時候，小組中的其中一人突然叫了出來，使我們每個人都不禁轉過去看向他。這位朋友叫做Tay，我跟Tay沒有很熟，但是是經常一起做報告的伙伴。Tay的模樣讓我皺起了眉頭，他臉色不太好看地抱著頭，頭髮都因此揉亂了，焦慮的神情清楚可見。

「怎麼了，Tay？」

「呃，我剛剛把隨身碟插進電腦裡，電腦就中毒了，報告也不見了……」

「啊？」我和Phach都吃了一驚。報告繳交的期限是後天，明天必須先送去印刷裝訂才行，要是檔案真的不見了，這樣趕得上繳交期限嗎？

「嗚，我不是故意的……我也不知道為什麼會發生這種事。該怎麼辦？我好焦慮。」

我將手從自己的筆電上移開、靠向朋友，我握住Tay的滑鼠左點右試，嘗試用各種方法來解決問題，用盡了所有辦法，但還是無法復原那個檔案。每一位成員都面露不安，雖然Tay負責的篇幅並不多，但卻是個相當重要、且是教授十分注重的部分。我緊抿嘴唇，看樣子今晚得把舊的檔案找出來重新編排了。

「真的很抱歉。」

「沒關係啦Tay，這又不是什麼大事。」我輕拍朋友的肩膀，給他一個微笑。我明白Tay現在有多內疚，但這件事也

不全然是他的錯，他只是比較倒楣罷了。

我主動提議要幫忙製作這個部分，Tay應該無法一個人處理，況且我被分配到的部分也快完成了，幫忙一下也好，這樣才能趕快做完、整合好，明天才來得及送印。

我帶著筆電回到宿舍繼續製作，把報告內容修整補齊、將之變得更加完善。就這樣坐在電腦前、坐了好幾個小時，身旁滿是咖啡空杯，以及為了熬夜而準備的提神飲料。房裡充斥著滑鼠點擊的聲音，時間來到了凌晨兩點，我微微打了個哈欠後，才停下來休息一會兒。

「咦？Noey打電話來過？」

用了一整天手機，電池剛好沒電了，所以我一回到家便把它放到一旁充電，剛剛又太專注於報告，沒有去注意手機，直到此刻才有機會能滑開來看看。我發現Noey從七點開始就在打電話了，還幾乎是以每小時回撥一次的頻率撥打的。此外，他還傳了訊息過來，我點進去讀了讀，想要輸入回覆之時，才想到Noey現在可能已經睡了，所以我只讀完了訊息，就將畫面跳出，並把手機倒蓋在旁邊。

已經有一個星期沒見到Noey了，不知道他是不是已經康復了？

一放下手機、回去專注於報告沒多久，突然就有電話打來了。我停下移動著滑鼠的手，拿起電話來查看，是Noey回撥了視訊通話。我有點意外那小子居然到現在都還沒有睡

覺，我按下接聽鍵，映照著對方模樣的影像就出現在螢幕上
——Noey穿著一件樣式簡單的T-Shirt、躺在床上，放下來的偏長黑髮遮住了半張臉。

「怎麼了？怎麼還沒去睡？」

『你還好嗎？怎麼不接電話？』

「剛剛電池沒電了，我從傍晚開始就沒有在看手機了。」

『你怎麼那麼憔悴？』

「你是說我現在看起來很糟糕嗎？」我開玩笑地反問道，其實我也知道自己現在的狀態有多糟糕。不然你也來連續熬夜幾天試試看啊！

『你怎麼還沒睡？』

「我在做報告。」我回答道、並將鏡頭轉向，讓Noey可以看到我面前的電腦螢幕。我插上耳機、將手機螢幕放在旁邊，一邊做事一邊和Noey說話。

他翻過身，將下巴靠在枕頭上，『欸！』

「嗯？怎麼了？」

『你喝了這麼多咖啡喔？』我停下敲打鍵盤的手，看了看身旁的咖啡杯後，轉過頭去對著他乾笑。讓學生看到自己這樣的行為，我感到有些不好意思。好吧，就當作是讓他看看什麼叫不良示範、叫他不要仿效好了。

「你身體復原了嗎？」我選擇轉移話題，轉而問起他的身體狀況。

『花火寺Noey是鋼鐵人，你不知道嗎？』

聽到這樣的回應，我不禁微微一笑。好吧，Noey，我認輸了。

「小小年紀，為什麼那麼晚睡？是不用上課了嗎？」

『睡不著。』

「真的？」

『嗯，沒看到Jamnien的臉，我睡不著。』我旋即停住動作，不由自主地轉頭看向螢幕。我發現Noey也正回望著我，感覺就好像Noey現在正支著下巴、躺在我的身邊一樣，我真的不太習慣他用這樣的眼神來看我。

我知道，現在我們兩個之間擁有的，已經不僅是家教跟學生的關係而已了……

自從被Noey強迫自白的那天起，他從早到晚都在調戲我，是覺得就算每天都這麼做，我也不會覺得害臊嗎？儘管如此，我還是盡量不和Noey走得太近，不想讓別人發現我對一個十六、七歲少年有什麼心思。我很害怕，萬一這些想法被其他人知道了，會引發很大的問題。但Noey似乎一點也不想去理解我的擔憂，他一直在做一些可能會讓我面臨坐牢風險的事情，我每一天都不停地重複告誡自己，他還小、他還沒成年，可是Noey根本不會想到這一點。

唉，真的很怕會被控告我這是在誘拐未成年人。

「你該去睡了。」

『不要。』

「今天怎麼這麼固執？」

『你不睡，我就不睡。』

「我還要做報告，很快就會做好的。」我這樣對 Noey 說著，儘管我心裡有數，今晚是絕對做不完的。

『不要，我要守著你，這幾天都沒見到你。』

他那種像是在表現思念般的說法，讓我偷偷地感到有點開心。我笑了出來，好吧，如果他想陪我，那就陪吧，這孩子等一下睏了，應該就會自己睡著了。

我繼續敲著鍵盤，Noey 則依然趴在床上、支著下巴看著我，並三不五時地向我聊天搭話。幸好 Noey 今天不怎麼鬧我，他似乎在體諒我的忙碌。

『你經常這樣嗎？』

「嗯？」

『就像現在這樣啊。』

「也……不常啦，但不知不覺就會變成這樣，等你上大學以後也會遇到一樣的狀況啦。」

『你想要我去念大學喔？』Noey 問道。

我回過頭看著螢幕，Noey 取過枕頭墊著、趴在上頭，並將鏡頭架在自己面前。Noey 將頭髮往後撥了撥，露出了他的臉。

至於他剛才問的問題，說真的，我是想讓他把握住那個

機會沒錯。我感受得到，Noey是個有足夠能力的孩子，他還能有更進一步的發展。如果他決定要去上大學，我認為這會是個不錯的選擇，因為他能因此掌握住更好的未來，也可以抹去不善的過往。我必須承認，我們身處於這個時代，教育是個很重要的環節，它能讓人生擁有更多的選擇。如果Noey能考上大學，他會結識新的人、新的族群，或許能將他引導至更好的方向也說不定。

「你想去念嗎？」

『你想要我念嗎？』

「如果我想要你去，你就會願意為了我去考嗎？」

『嗯，我會穿上大學生的制服去你的房間找你的。』

太……太瘋了吧。

我又不小心笑了出來，這個Noey，總是能找到一些方法來逗我。

不過……要是真的實現了，我應該會非常高興。

「我希望你是為了自己的未來去付諸行動，而不是為了我，懂嗎？」

『你就是我的未來啊，Wanlapa。』

「Noey，我希望你可以不要執著於我，未來或許不會是你想像的那樣。」我死死盯著電腦螢幕，依照自己心裡的想法訴說著。

電話另一頭沉默了許久，久到讓我開始回想自己剛才所

說的話，這才意識到那些話可能會讓這孩子難過。

然而，我的假設成真了，Noey的表情變得非常落寞。

「Noey，我想說的是……」

『你說話都不會先想過耶。』

「對不起，我不是那個意思，我是……」

『我現在的感覺，就像是你帶著我飛上了天，卻又立刻把我丟了下來。Saowanee，真他媽的痛！』

天啊，Noey，冷靜一點，先聽我說！

「對不起，我說了那些話。」

『你以為我的心堅硬得像石頭一樣嗎？不然你怎麼會這樣踐踏它。』

「Noey！」

『大人真的都很壞心，真討厭！』

吼……是誰，是誰說交往對象的年紀小一點也不錯的？隨便聊個天都讓我頭痛。

好，接下來該怎麼做才好？Noey似乎已經在生我的氣了，見他滿臉哀傷，讓我也感到很內疚。但我說的也是事實啊，人本來就無法預知將來，我不想要讓他太執著於我、不希望他的世界裡只有我一人，我也想讓他去試著認識新的人、嘗試不同的事物，期望他能踏出同溫層，從他人身上學到更多事情。要是Noey真的決定要去考大學，那時候我應該也不在校園之中了。

『你怎麼可以要我不執著於你，明明給了我這麼多希望！』

「好，對不起，不要生氣啦。」

『不要。』

「我要怎麼做才能讓你感覺好一點？」

好吧，報告先暫停一下，先讓我解決這個問題，這太嚴重了。

『今天考試成績出來了，你知道嗎？』

「真的嗎？」

『我的分數很高，但我沒有拿到第一名。』Noey簡單地說著，但他的表情似乎在訴說、他對於自己沒有成功達成目標感到非常失望。我望著他，勾起了一抹淺笑，因為此刻的花火寺Noey看起來好像一隻小狗狗。

「沒關係，只要比原本的名次進步，我就很高興了。」

『……』

「Noey，你很棒。」我給他一個大大的笑容，鼓勵著他，希望這些話能讓他好受一些。我知道Noey為了要拿到很好的成績、盡心努力過了，就算結果不如預期，也已經很棒了，你已經前進得很遠了，Noey。

「那你想要什麼？」

『要什麼東西？』

「你之前有說過要是你拿到很高的分數，就要跟我要獎

106

勵啊。」

『我是說要拿到第一名。』Noey馬上對我皺了皺眉頭。

「沒有第一名，但至少你拿到了很棒的分數呀。我想要給你獎勵。」

『我不是第一名。Wanlapa，我不敢跟你要獎勵。』儘管一臉落寞，但他還是拒絕了我。Noey恐怕是個相當謹守承諾的人，一知曉自己沒有達到預設目標，就不想要討取任何獎勵了。

『這件事就算了，繼續做報告吧，我會陪著你的。』他趕著我回去做事，自己則改變姿勢，將下巴靠在枕頭上。Noey仍舊凝望著鏡頭，看起來一點也不睏，眼睛閃耀著明亮的光芒。明明這麼晚睡，怎麼還有辦法如此有精神啊？

我看著他，再次笑了出來。Noey看到我的笑容，便挑了挑眉，但什麼也沒有說。

我覺得今天的Noey特別可愛。

實際上，他的確也只是一個小男孩，需要小小的讚美及鼓勵、需要別人給予動力，讓他去做些好事。我知道他累了，也知道他做了很多準備，但卻沒有因此得到預期的結果，他的感覺肯定很糟糕。即便如此，他之前願意付出那些點點滴滴的努力，這就已經是個很好的開始了。

試想看看，誰能想得到，那個小混混現在居然會開始考慮上大學的事情了？光看這件事就已經很不可思議了。

我深吸了一口氣，決定要做一件事。

我將電話拿近，再一次看了看螢幕裡的人，然後將嘴唇貼到自己的手機鏡頭上。過沒多久，我就退開了。

Noey看見了我的動作，他瞪大了眼睛。

天啊，好害羞，現在才突然害臊了起來，做的時候明明就不會這麼覺得。

我緊緊抿著唇，不知該說什麼才好，無論是我，還是Noey，兩個人都變得很沉默。我整張臉都在發燙，燙到令人不知所措，我立刻轉身回去敲打鍵盤，但也只是不斷地在打打刪刪。

『你……』

「獎……獎勵啦。」我輕輕地答道，不曉得他有沒有聽見。

『該死，誰教你這樣做的？』

「……」

『你是不是想讓我跑去找你啊？凌晨兩點了還想當我後座的妹仔喔？』

「喂！」

『你這樣做，害我都要心臟病發了，你要負責嗎，Chonticha？要是我的心臟跳出來了，你能負責嗎？』

天啊，Noey，不要再說了，快點去睡覺行不行啊？趕快去睡覺啦，我都不能好好做事了。

『你這人真是太可愛了。』

「我怎樣？」

『夠了夠了，你要乖一點，小粉粉。』

「叫名字啦，Noey！」

『小粉粉，這就是你的名字啊。你看，你現在整個人都是粉紅色的。』

「No……Noey！」見 Noey 這樣逗著我玩，我連忙抬手摀住自己的臉。嗚，整張臉肯定都紅通通的，所以他才會發現。我真的感到很害羞，為什麼現在認輸的人不是他，而是我啦？

Noey 揚起嘴角，翻過身仰躺著，把鏡頭放到了自己眼前。Noey 馬上就還以顏色了，他「啾啾啾」地親了好幾次鏡頭，耳機裡滿滿都是他的親吻聲。我緊緊閉上了眼睛，因為剛才的一切都對心臟太不好了，彷彿 Noey 就在我的面前一樣。他親吻螢幕時的聲音，讓我都快要心臟病發了。

我相信了，花火寺 Noey 很危險，真的很危險。

『人要是可以鑽到鏡頭裡頭，你的嘴巴現在肯定會是腫起來的，小粉粉。』

「剩這些人？」

「嗯，幫派的成員們都離開、去加入別的幫派了，你都

下令解散了嘛。」

「謝謝你幫了我。」

「對他們來說，你依然是老大啊，Noey。」

「嗯。」

「那你現在在幹嘛？吃櫻桃？Noey 你還會吃櫻桃喔？」

「Thiw，先別煩我，一下就好。」

「你在幹嘛啊？」

「幹，我做到了！」

「你在做什麼？放假的時候 Tim 姨都不讓你出門，你有那麼寂寞喔，兄弟？含什麼櫻桃梗啦？」

「你看這個！」

「什麼啊？」

「我弄了很久。」

「你把櫻桃梗打了個結？用舌頭打的嗎？幹嘛要這麼做？」

「我會接吻了。」

「哈？」

「那個人的嘴巴肯定會腫起來的，小粉粉。」

❤第二十五下　我相信 因為一見到你就無法自拔

　　關於最近得知的、Noey的最新消息，是他已經康復了。Noey復原的速度比我預想的還快，不到一個月的時間，他身上的傷就幾乎都好了，連現在還打著的石膏他都鬧著想要拆掉。Tim姨向我訴苦、說得可多了，她說Noey老是對著醫生大吼大叫，抱怨著想拆、要拆，不僅吵得醫生護士們快要崩潰，也讓Tim姨有好一陣子都不敢去醫院了。Noey的骨頭真如傳聞所說的，是鋼鐵做的吧？他被刺傷、被如此殘暴地攻擊過，但還是這麼快就痊癒了，Noey的身體是真的很強壯。

　　嗡——嗡——

　　我正在上今天的最後一堂課，但忽然之間，我倒蓋的手機震動了起來，顯然是有人來電了。發現打給我的人是過去的幫派老大、花火寺Noey，令我的眉頭微微地一皺。我偷偷觀察了一下四周，才悄悄地向後靠，並按下通話鍵。

　　「喂，我在上課，有什麼事情嗎？」

　　『你要下課了沒？』

　　「啊，大概還要再半小時。」

『那我去接你。』

聽到Noey說的話，我的眉頭皺得更緊了。什麼？他要跑到大學來接我？他身體不是才剛復原嗎？為什麼還敢騎摩托車啦？

「幹嘛要來接我？」

『不用問這麼多啦，Jamnien，你在哪棟大樓？跟我說一下。』

「你才剛拆石膏不是嗎？」

『就說了我沒事，還可以在你面前做伏地挺身咧，要看嗎？』

「少嘴硬了，要是出了什麼事，Noey你就慘了。」我凶了他一句。Noey太任性了，不管什麼事情都想為所欲為。

『我甚至可以把你抱起來喔。』

「嘿！」

『所以說是在哪棟大樓、在哪裡？快點，別拖拖拉拉的，不然我就要先去學校裡晃一圈囉，要嗎？』

天啊，你給我立刻打消這個念頭！我真的對他感到很心累。

最後，我還是不得不把地點告訴Noey，他一聽完就切斷通話了，不知道Noey會不會迷路。我嘆著氣，一邊看著暗下來的螢幕，Noey啊，你怎麼會那麼固執啊？

「你在和誰說話？」Phach看出我的心並不在課堂上，於

是轉頭問道。

「學生。」

「你平時都跟學生這樣說話的喔？」

唔……是這個學生比較特別，而且是最誇張的那種。

我微笑著回答好友，說起來，我還沒有把Noey的事情告訴過任何人呢。

不一會兒後，下課時間就到了，老師在宣布完考試的方向後就放學了。我們三人背著包包，跟同修一堂課的其他同學一起下樓，一出電梯，看到電梯門外的某個人時，我和好友們就停下腳步。

「嘿，Phayu、Phayu，你來這個學院做什麼呀？」

Phayu正一個人坐在大樓底下的一張木桌旁，我看著他、挑了挑眉。Phayu朝我們走來、聊了幾句，接著轉頭看向我，送了一個微笑過來。

「沒什麼，只是碰巧經過這裡，想到Thi有可能會需要去替孩子們上家教，我們說不定會同路，所以順道來接他。」

我微微揚起眉毛，什麼？他又想要送我過去嗎？好驚訝喔，他怎麼會對我這麼好，明明只跟我見過幾次面而已。Tong輪流看著我和Phayu，露出了一抹怪笑。

Tong朝我走了過來，勾住我的脖子，「要死了，我們這位老師太幸運了吧！Phach，你說是吧？」

「Tong，你在搞什麼鬼？」

「Phayu，你對我朋友真是體貼，還碰巧經過。」

Phayu一聽見他這麼說，就輕輕地笑了，視線也一同朝我投來。我還是不明白Tong的那個笑容到底有著什麼含意。

「接下來可能會很常有這種巧合。」

「哇！」

「謝謝你，但Phayu你不用送我也沒關係的，我會有點不太好意思。」我選擇拒絕了對方，怎麼想都不太敢讓他送我一程，畢竟我和他還沒有那麼熟，另外也不想讓他多耗汽油。

「哎呀，你去啦你去啦，反正也順路，帥哥你的宿舍也在那個方向，對吧？」

「嗯，會經過。」

「對啊，去吧去吧。」

「呃……等一下啦Tong。」我被好友推往Phayu的方向，這個搗亂的友人動作一結束，就立刻揮手向我們道別。

Tong拉著Phach往另一頭離去了，我望著自家好友的背影，不知道為什麼他這麼想讓Phayu來送我。再次回過頭來，我就看見了站在原地、對著我微笑的Phayu。

「需要我幫忙拿嗎？」Phayu的視線投向我的背包。

「沒關係，我自己拿就可以了。」

「給我吧。」Phayu最後還是把背包搶去了。

他領著我走向不遠處，那裡停著一輛眼熟的賓士車。我一路上都在左顧右盼，但仍沒有望見在電話裡約好的某個

人。我想我得告訴 Phayu 這件事，我已經跟 Noey 說好了要讓他來接，所以我不能和他一起走。

「Phayu！」

「可以上車了。」

「唔……其實有人會來接我。」

「真的嗎？不過，要我送你也是可以的喔。」Phayu 微笑著說道。我舉起手輕輕地撓了撓頭，不知道要怎麼拒絕他才好，我真的是個不擅長拒絕別人的人。

「唔，我……」

叭——！

我和 Phayu 兩個人都被嚇了一大跳，因為就在剛剛、我們的對話正進行到一半時，不遠處突然傳來摩托車的喇叭聲。轉身一看，一輛摩托車正奔馳過來，它並排停在 Phayu 的賓士旁，即使騎士頭戴著安全帽，我還是一眼就認出了對方的身分。

車子一熄火，Noey 便摘下安全帽、下車走了過來。今天的 Noey 穿著紅色襯衫和他最愛的牛仔夾克，並且頂著那個我相當熟悉的髮型。在 Phayu 的眼中，他似乎打扮得很古怪，所以 Phayu 才會這樣目不轉睛地盯著 Noey 看。

Noey 用眼角睨著 Phayu，似乎是很想過去揍 Phayu 一

拳。當 Noey 站到 Phayu 的面前時，我又再次震驚於他的體格——Noey 的個子真的很高，高到讓我差點分不出到底是Phayu 還是 Noey、誰的年紀比較大。

Phayu 打量了 Noey 一會兒，然後回過頭來望著我，「是這個人要來接你嗎？」

「呃……嗯。」

「讓 Thi 跟著我走也行吧，我有車。」Phayu 笑笑地對Noey 說道，一邊指了指自己的賓士。

我望著 Noey，他斜過眼神看著 Phayu，臉上滿是不悅，令我不禁抿起嘴唇。我本來就知道 Noey 不喜歡 Phayu，但是，拜託了 Noey，不要打他，絕對不可以做那些事情。

「Jamnien，上車。」Noey 硬聲向我命令道，並把安全帽遞了過來。

「Thi，我送你。」

「呃……」這是什麼情況？為什麼我感覺自己好像被捲入了一場戰爭之中？

我來回看著他們兩個，嘆了口氣。是 Noey 先和我約好的，要是我拒絕了他，絕對會被記上很大一筆帳，於是我伸手接過 Noey 手中的安全帽，他立刻嘴角一揚地笑了。Noey 伸過手臂勾住我的脖子、將我拉了過去，Noey 突如其來的肢體接觸讓我嚇了一大跳。

「醜八怪，收好你的車鑰匙。Jamnien 是我的。」

116

在Noey發表這般強硬的聲明時，我倒吸了一口涼氣。Phayu似乎也對自己突然被不認識的人罵醜八怪這點感到很震驚，不禁就愣在原地了。

我被Noey帶到了摩托車的旁邊，對方則走回去從Phayu手上搶過我的包包。Noey取過我手中的安全帽、替我繫好扣帶，我只能站著不動、讓他幫我戴好。Noey再次轉頭看著Phayu，他伸手緊了緊自己的衣領，並慢慢打理起頭髮。接著他抬腳跨上了摩托車，還差一點踢到我，我只好趕緊躲開他的腿。該死，Noey這是在囂張什麼啦？

「Phayu，我們先走了。」我向Phayu輕輕揮手道別，然後才上了Noey的後座、抓住他的牛仔夾克。

Noey用不算快的速度騎著車，帶我離開學校，不久後就抵達了宿舍。等到Noey把車停好，我才慢慢地下了車。

Noey突然緊抓住我正戴在頭上的安全帽，讓我忍不住抗議道，「幹什麼啊，Noey？」

「很有魅力嘛，傻妹。」

「又怎麼了？」

「你很喜歡那個開賓士的『阿叔[14]』嗎？」

「才沒有，Phayu只是朋友而已。」

「呵，是喔？我們這種騎Wave的，連他的臭腳都比不上是嗎？」他叉著腰，不停從嘴裡吐出埋怨，一邊漫不經心地

---

14 阿叔（เจ๊ก）：為叔叔的潮州話，在泰語中是一種對華人或華裔血統的貶低叫法。

踢著路上的石塊。

「你是怎麼了？」我發問著，一面將安全帽脫下、放到摩托車的椅墊上，接著向退後了幾步後，看著Noey。

「你是我的Jamnien了吧？」

「啊？」

「你才不屬於不知道打哪來的野狗或阿叔吧！」

我順著他的話去思考，終於意會到他怒氣的來由。我抿著嘴、忍住笑容，我想Noey肯定是在吃我的醋。這小子，怎麼會變成這樣？我望著Noey那滿肚子怒火的樣子，終究還是忍不住輕輕地笑了出來。

Noey一見到我的笑容，立刻停止了咒罵、轉過來叉腰瞪著我看，「你覺得這很好玩是不是？」

「沒有。」

「你這個笨蛋！」

「為什麼要罵我？我什麼都不知道耶。」

「蠢！」

「嘿！」

「每天打電話給你、問你過得怎麼樣，三更半夜摳著眼屎到處去接送你，這樣你還不明白嗎？」

眼前的少年突然說出如此露骨的話，讓我睜大了眼睛。我立刻轉身環顧四周，有不少人正從我們身旁經過，他們一聽到就馬上露出了微笑，還向我們投以怪異的眼神，令我覺

得有些尷尬。

　　我趕緊靠近Noey，扯了扯他的袖子，「Noey，你小聲一點，講那麼大聲幹嘛啦？」

　　「我討厭你。」

　　「Noey！」

　　「媽的，你怎麼還是不明白？那該死的不知道從哪裡冒出來的混蛋，你不懂他為什麼三不五時就要來找你嗎？還有，我看著你的時候，我他媽的就想要傻笑，我媽還以為我嗑了什麼藥了。你知道嗎？每一次想起你的時侯，我媽都差點要把我送進警察局了啦！」

　　從Noey的口中聽到這番話，我的心跳不禁亂了節奏。什麼啦，為什麼他要對我說這些話？看看現在的地點，宿舍前面、馬路旁邊，就在人們來來往往的地方？真的假的啦？

　　「全世界都知道，連因陀羅[15]和梵天[16]我也每天都會點香告知，就只有你在裝傻！看到你那個表情，我就想狠狠地揍你一頓。」

　　「……」

　　「Thi哥，可憐我一下，我只能吃他媽的醋，卻什麼也做不了，真是蠢斃了。」

　　看著高大男孩破罐摔罐，我終究還是笑了出來。儘管

---

15 因陀羅（พระอินทร์）：又名帝釋天（ท้าวสักกะ），為印度教神明，吠陀經籍所載眾神之首。
16 梵天（พระพรหม）：為印度教的創造之神，與毗濕奴、濕婆並稱三相神。梵天有四張臉，分別朝向四個方位，故又被稱為「四面佛」。

他擺出一副凶狠的樣子，但他那樣的語氣，就足以讓我明白 Noey 的感受了。

Noey 用力地吐了一口氣，讓前方的瀏海都顫動了起來，他將手插進牛仔外套的口袋裡，然後垂頭喪氣地走去坐在自己的摩托車上。我看著 Noey，他彷彿是一隻落寞的小狗狗，好像都能看見他的耳朵跟尾巴都垂下來了一樣，哈。

我承認，Noey 吃醋讓我有些竊喜，因為那意味著，對他來說，我是個很重要的存在。

我向他靠了過去，並把手放在自己的膝蓋上，抬起眼睛望著對方，Noey 看到立刻撇開了臉。真是的，這小子，為什麼要通通說出來啦？我還是對 Noey 這樣突然說出許多內心話感到很震驚，他大概沒有想到，我也會和他一樣覺得害羞。

「弟弟。」

「閉嘴。」

「Noey 弟弟。」

「閉嘴、閉嘴！」

「Noey 有什麼不喜歡的，來，說說看。」

「我不喜歡那個混蛋。」

「好好稱呼人家。」

「你是很喜歡他還是怎樣？那種王八蛋，到底哪裡帥了？」

「他滿帥的，真的很帥。」

「喂！」Noey 馬上對著我大吼。

我只是在嘗試用這個方法來整他看看，沒想到會這麼有效，我忍不住笑了。Dang Bireley 老大的那張臭臉，讓我更加無法忍住笑聲。

「能不能不要再稱讚他了？如果你不想看到他那臺賓士的輪胎漏氣的話。」

「有必要做到這種程度嗎？」

「怕你忘了，Jarunee，我可是花火寺Noey。」

「所以呢？」

「我到底哪裡比不過他了？我花火寺Noey，長得這麼帥，媽媽很有錢，跳舞扭得又低，排氣管改得又響，我做得到的事情，那傢伙有哪一樣做得到嗎？」

「知道了、知道了。」我輕輕地笑了出來。

我站直身體，再次往Noey靠近了一步。Noey疲憊地重重嘆了口氣，他從口袋中抽出黃色髮夾、叼在嘴上。

「你啊，你的一切都太美好了，待人親切，心地也好，我連一個缺點都找不出來，連是不是人都還不清楚呢，可能是個仙女吧，媽的！」他的腳來回踢著地面。

聽到對方剛剛不加思索的讚美時，我瞪大了眼睛。Noey這是在誇我嗎？他剛才是誇我了嗎？要死了，這可是第一次呢，我終於好好地聽見他誇讚我一次了。這可不可以錄音啊？能再說一次嗎？

「他媽的！」

「Noey，等一下！Noey！」我「哇」地張開嘴巴。

Noey突然就不再繼續往下說了，他低聲咒罵完就急急忙忙跨上摩托車，發動引擎、扭動把手，飛快地離開我的宿舍門口。我完全被他弄糊塗了，什麼？發生了什麼事？他這是在生我的氣嗎？還是怎麼了？為什麼這樣一句話也不說地就走了？

我微微抿著唇、望著某個人的背影，直到他消失在我的視野之中。Noey一定在生我的氣，唉，我稱讚Phayu的事情肯定讓Noey感覺很差，看看他拿自己跟對方做比較的模樣，那個樣子、絕對是對我說的那些話感到不滿。

看樣子……我接下來有得哄了。

Noey不願意接我的電話了。

我想，Noey是真的很氣我，今天從他騎著摩托車走人之後，我就聯繫不上他了，Line也是不讀不回，明明平常都會馬上回覆的，就連打電話過去也都不接。

唉，Noey就這麼氣我是嗎？我現在只顧著擔心Noey，擔心到沒有心情去做其他事情了，他生氣的樣子一直盤旋在我的腦海之中，今天Noey對我說了非常多真心話，直到現在都晚上十點、十一點了，我仍然不停地在想著他的事情。

　　我想讓 Noey 先等等，等到各種事情都確定了以後，再去好好回應他。我知道 Noey 喜歡我，當然，我也得承認，我同樣對這孩子抱有好感，只不過還沒有辦法提起勇氣，我沒有跟別人交往過，不知道該怎麼做、該如何處理這些感覺、該擺怎麼樣的姿態才妥當，尤其對方是 Noey，他還是個青少年，我更是害怕我們的未來會因此困難重重。

　　我也曾經想過要就此打住，但總是很難去實踐。

　　都是 Noey 啦⋯⋯害我的心總是在動搖。

　　嗡——嗡——

　　一聽到來電震動聲，我便連忙拿起手機來查看。看到是自己等待的人打電話過來時，我的心臟怦怦直跳。

　　我趕緊接起電話，「Noey，對不⋯⋯」

　　『下來。』

　　「你在樓下嗎？」

　　『下樓來，現在！』Noey 一說完，電話就被掛斷了。

　　我立刻從房間跑了出去、來到樓下的宿舍門口。我抬起頭尋找著高個子少年，但無論怎麼找都沒有看到 Noey 的身影，我便再打了一次電話給他。

　　「哈囉，Noey，你在哪裡？」

　　「這邊。」

　　低沉的嗓音霎時從身後響起，我連忙轉過身去。一見到眼前的人，我就不禁瞪大了雙眼。

　　Noey……

　　「這樣可以了嗎？」

　　我凝視著眼前的少年。那個在傍晚時跑得不見蹤影、留著龐畢度頭、老愛穿著復古服飾的人，消失了──此時站在我眼前的，只是一個普通的男孩。

　　Noey把頭髮剪短了，他還換了一身衣服，變成一種乍看之下跟Phayu有些相似的風格。我愣愣地看著他，我承認，見到他這副模樣，我被深深地嚇到了。別告訴我，剛剛之所以會沒辦法聯絡上他，是因為他跑去把自己改造一番了。

　　他這是……該不會是在模仿Phayu吧？

　　「我問你這樣可以了嗎？」

　　一想到這裡，我感受到的不是喜悅，反而是全然的內疚，我一不小心就讓一個孩子失去自我了。我往他靠近了一些，從頭到腳把他端詳了一遍。我不習慣這樣子的Noey，儘管他打扮成這樣還是一樣帥氣又好看，但我不得不承認，我內心深處或許是更喜歡他Dang Bireley的模樣。

　　「欸。」

　　「你沒有必要弄成這樣。」

　　「你喜歡這樣的，不是嗎？你說他很帥。」

　　「Noey？」

「我媽拚了老命要我去換造型，但我從沒有為她換過。這是為你弄的，你明白我的心意了嗎？」

「……」

「哥，我是真的很喜歡你。難道要我向你下跪，你才會喜歡我嗎？」

我看著Noey，他那乞求般的眼神，讓我也開始變得有些難受了。內在的感官彷彿被眼前的人激起了一般，原先沉積在心底、靜止不動的某種東西好像漸漸浮了上來。我抿住嘴唇湊近過去、抓住對方的手臂。

「你為什麼都不說話？」

「我不知道要說些什麼。」

「我說了這麼多耶，哥，你真的是、媽的！」

「……」

「我平常不是這樣的，但現在我是為了你啊，哥！我不喜歡這樣。」

「……」

「現在除了讓你喜歡上我，我他媽的什麼都不想做了。我什麼都嘗試過了，什麼事情都做過了啦！」

聽到Noey說出這些話，我的心臟跳得飛快，抓著他胳膊的手也悄悄地握得更緊。彷彿是天氣太過炎熱，我整個人燙得不知該如何是好。我抬起頭看著Noey，而他還是用同樣的神情回望著我。

該死，我快要藏不住了！我並不是個很擅長隱藏感情的人，Noey又不停地刺激我，我想，我要藏不下去了。

說不定……現在漏餡也不錯。

「Thi哥，拜託，屬於我吧。」

「嗯……」

「哥——」

「嗯！」

「哥，好好回答，告白的一方可是很期待的，你得大聲又清楚地回答才行。」

「我就說『嗯』了……Noey！」

我嚇得瞪大了眼睛，Noey突然將我拉了過去、緊緊地抱住，讓我沉進他的臂彎裡。

我的臉在發燙，能感覺到它現在絕對是紅通通的，讓我忍不住閉緊了雙眼。

Noey將臉埋在我的肩膀上，抱我抱得非常得緊。他光是抱著還不夠，還突然將我抱起來轉圈，轉到我好害怕自己會飛出去。該死的，這小子，我知道你的力氣很大，但不要突然這樣好嗎？

我害羞得不得了，害臊到忘了我們兩人現在身在何處、也忽略了來來往往的人們目光。

Noey讓周圍的一切都消失了，讓我的眼裡只剩下他一人。

「哎喲！」

「Noey？怎麼了？」一聽見他的呼喊，我便連忙抬起頭來問道。

「好痛。」

「哪裡好痛？」

「胸口。心臟跳得太快，跳到胸口都發疼了。」聽到Noey的回答，我不禁笑了出來。可惡，人家都快被嚇死了，還以為是不小心碰到以前的傷口了。

「我認輸了，敗給你了。就算要我當你的芭比娃娃，我也會為你辦到。」

「先放開我……」

「只有這個不行。先等一下。」Noey拒絕道，並用力收緊環抱著我的雙手。說難受是真的有點難受，但滿身的羞怯感，卻又讓這件事變得微不足道。

總之……我這是跟他有共識了，對吧？我們兩個……在一起了，對嗎？

要死了，我第一個交往對象是Noey？花火寺Noey？就是這個人了嗎？

要是讓媽媽知道了，她會說什麼呢？光是用想像的我就覺得累了。

「我的！這個人是我的、我的！我的！」Noey彷彿失去了理智，他不停地重複著這些話，直到我輕輕笑了出來。

「傻瓜，我的小笨蛋，噢，哥，Jarunee、Jamnien、Wanlapa！」

「Noey，冷靜！」

「天啊，你終於是我的了！」他向後退開，舉起雙手輕輕撫著我的臉頰，好像擔心會把我碰壞似的。一摸完，他又不停地轉著圈圈。

看著花火寺Noey那情感失控的模樣，我再次笑了出來。看看他現在的樣子，一點小混混的痕跡也沒有，要是讓他的小弟或是死對頭見到現在的Noey，應該會被嘲笑好一陣子。

他抬起雙手輕撫著我的頭，我便閉上了眼睛，他的撫摸輕柔得像是不敢使力。他又碎嘴了一些話，但那些言語混亂地讓我聽不太清楚。

「Noey，冷靜一點。」

「哥，笑一個。」

Noey突然要我笑一笑，我便順從地勾起了嘴角，但這一笑，使Noey再次衝過來緊緊地抱住我，我的臉都撞在他的胸口上了。

「感覺怎麼樣？」

「跟Noey你一樣啦。」

「你都這把年紀了，怎麼還是那麼可愛啊？」

「我才沒那麼老，也才大你沒幾歲。」

「安靜。」突然又被要求閉上嘴巴，這小子是怎樣啦？

「走在一起的時候要讓我牽手。」

「嗯。」

「不准再上別人的車。」

「喔。」

「不准稱讚別人帥。」

「是。」

「也不可以對別人笑。」

「知道了。」

「那些阿叔很危險，哥不可以靠得太近，知道嗎？」

「真愛吃醋。」

「當然。」

「……」

「你可是我的男朋友耶！男朋友！都是我花火寺Noey的男朋友了，我還不吃醋就糟糕了！」

❤ 第二十六下　陷入愛情

「這個人嗎?!」

「嗯。」

「Thi，你不要開我們玩笑。」

「我沒有在開玩笑。」

「好驚訝！」

「我也好震驚！」

「這是Noey，我男朋友。」

我將高個子少年介紹給好友們認識，得到的反應跟原先預想的差不多，他們兩人果然都嚇到了，也是啦，我自己當初也是很震驚。而Noey則是靜靜地坐著，沒說什麼話，只有在必要的時候才會答腔。從那天起，我們兩人決心開始交往，事情都到這個地步了，再遮掩下去也沒什麼好處，逃避現實也只是徒勞無功，再怎麼說，我和Noey都有一致的想法了。

相信我，要是我不答應，Noey也會找到其他方法讓我答應的。

我帶著Noey去認識自家好友，Tong跟Phach兩個人都嚇了一跳，然而他們最感到詫異的，不是因為我交的是一個男

朋友，而是 Noey 的年紀。

「Thi，一個十六歲的孩子，你⋯⋯他才高一耶！」

「高二。十七歲了。」Tong 一有意見，Noey 就立刻出聲反駁。看著 Noey 和 Tong 互瞪著彼此，我不禁莞爾。

「Thi，他還小耶！」

「就⋯⋯」

「小又怎樣？我的內心年齡跟這傢伙一樣大不就好了！」

「嘿，弟弟，他可是哥哥耶！」Phach 看著 Noey、皺起眉頭，看來 Phach 不喜歡聽到 Noey 用這種方式、去稱呼像我這樣年紀較長的對象。也對，他不像我這般、已經習以為常了，在習慣之前，我也為此頭痛了好長一段時間。

「我是獨生子，不想要有哥哥。」

「欸！」

「停，夠了，你們兩個！」

我在 Tong 和 Phach 更變本加厲地去圍攻 Noey 之前，制止了這場紛亂。Noey 的嘴巴本就屬害，Tong 又容易生氣，至於 Phach，他更是個不喜歡讓別人這樣去招惹他的人。我嘆了口氣，視線在兩方之間來回交錯，看來我的好友跟男朋友可能沒辦法相處得太好。

「像 Phayu 這麼好的人都刻意來接近你了說。」

「啊？」Tong 的話語讓我揚起了眉毛，但還來不及聽到下一句話，我就被年紀較小的他雙手並用地摀住了耳朵。轉頭

一看，就能瞧見Noey正擺著一個氣噗噗的表情。

「不准說那個名字！哥他不喜歡！」

我輕輕地笑了出來，這小子，只是搗上耳朵，誰都有辦法聽得到吧！

「弟弟，離我的朋友遠一點。」

「不要。」

「弟弟！」

「我好不容易才得到這傢伙，為了他、我都差點要跪下去了。你誰啊？隨隨便便就想要趕我走？」

「你……你！」

「我懂你為什麼會擔心，畢竟你的朋友這麼可愛。以後他的可愛，就由我來處理，行了吧？」

一見到Phach傻住，我就笑了出來，看來他們兩個今天是沒辦法習慣Noey了。幸好這次只有見識到Noey的個性，要是讓他們遇到還是Dang Bireley時期的Noey，情況應該會變得比現在更混亂吧。

最後，我訂定的、帶著男朋友來跟友人們聊聊的計畫，就結束在Noey他想回家的吵鬧之中，我不得不在此向好友們告別，感覺Noey還沒辦法和我的朋友們好好相處。但仔細觀察之後，又覺得Tong和Phach似乎能稍微接受Noey了，雖然也就只有一點點。他們還需要再多認識Noey一些，我相信只要兩方互相熟識了，Tong和Phach就能發現我所知的Noey的

另一面了。

我回到宿舍的時候，天色已經全暗了。Noey停好了摩托車，我也跟著下車、佇立於他的身邊。自從開始交往之後，我就堅決要求Noey騎車的時候一定要戴著安全帽，他才因此願意戴上。Noey脫下安全帽，甩了甩頭髮，看著鏡子打理著自己的髮型。

「他們以後一定能理解你的。」

「你朋友的嘴巴真的很壞。」

「嘿，不要這樣說我朋友！」

「你朋友每個個性都好好喔，這樣開心了嗎？」

Noey喜愛諷刺的性子令我不禁搖了搖頭。但我還來不及多說些什麼，突然就感覺到有水珠滴在了臉上，有了第一滴，第二滴、第三滴也接踵而至。慘了，是不是下雨了？這樣Noey還有辦法騎車回去嗎？

「下雨了，你上去吧，我要回去了。Wanlapa，之後再聊。」

「Noey你先等等。」

見Noey準備要將安全帽戴上，我便走過去拉住他的手臂。我感覺到雨開始漸漸下大了。

「先上去我的房間吧，等雨停了再回去。」

碰！

「你……你……」Noey鬆手讓安全帽掉在了地上，他望著我，眼睛瞪得老大。怎麼了？他為什麼這麼驚訝？我說錯了什麼嗎？只不過是邀他上去躲雨而已，幹嘛震驚成這樣？

「你……吼！這樣會觸犯禁忌的！」

「Noey！」

「你的Mae Yanang[17]會不喜歡我的！」

「夠了，不要再玩了！下雨了。Noey，快跟上，把你的車停到裡面去。」

最後，我們兩人停止了爭論，將注意力轉向傾瀉而下的大雨上。雨下得比想像中還要大，如果現在放Noey回家，他必定是要冒雨騎車的，那樣太危險了，我是擔心他，所以才會邀請他上來的。

我帶著Noey去坐電梯，接著走到自己的房門口，Noey一路上都不發一語。

「這是我的房間，記好了。」

「記了要幹嘛？」

「說不定你之後還會再來啊。」

「你這個誘惑人的傢伙！」

哈？我哪裡誘惑他了？只是向他說明這是我的房間而已，為什麼Noey會這樣完全誤解我的意思？

---

17 Mae Yanang（แม่ย่านาง）：於泰國相傳為守護船隻的女神，後來也被引申為交通工具的守護神。

我打開房門，領著Noey進到裡頭。其實我的房間並不大，只有床、椅子和書桌，然後還有浴室而已，但Noey卻仔細地環顧著四周，彷彿正在記下房內所有的細節。我脫下鞋子並擺放整齊，任由Noey觀察著我的房間。

「欸。」

「嗯？」

「你的房間好香喔。」

「我噴了室內芳香劑，冷氣房不噴的話會有霉味。」

「這是你平常坐的地方。」

「我都在那裡看書。」

「這張床也是。」

我含笑看著對方，他在跟我房裡的每一樣東西打招呼。我很常在宿舍裡和Noey通視訊電話，所以他應該是在回憶鏡頭另一端的那些地方吧。他走過來坐在我的床上、拍著床墊。

「Chintara，來坐這裡。」

唉，好吧，之後他要怎麼喊我都隨便他了，反正不管叫哪個名字我都會回頭的。

「怎麼了？」我向他走近，不過並沒有一同坐到床上。

「你，坐下。」

「我為什麼要坐下？」

「你要乖乖坐下，還是要掉眼淚？選一個。」

這又是怎樣啦？這小子又在威脅我了。

「還要我掉眼淚喔，Noey？會不會太壞心了一點？」

「誰說是你的眼淚？」

「欸？」

「你現在不坐下來，我就要哭了喔，哥！過來！」

我輕笑出聲，現在的他已經完全沒有「花火寺Noey」的痕跡了。居然吵著要我一起坐下？真是的，我不能離你太遠是不是？

我帶著笑，聽話地在他身邊坐下，Noey把一隻腳抬到床上，雙手抱胸地望著我。什麼啊？叫我坐下來，然後用這副模樣盯著我看？

「Noey！」Noey伸過手抓住我的下巴，左翻右看著我的臉，讓我忍不住叫了他的名字。

「哥，你有覺得你的臉有哪個角度不好看嗎？」

「抓著我的臉做什麼啦？」

「也難怪你朋友會護成這樣，對，但我還是會吃醋。」

「夠囉，夠了。」我拉開Noey的手，而他卻只是絲紋不動地坐著。

「你說過不會再跟那個開賓士的阿叔有牽扯了。」

「Noey，他是我的朋友。」

「吼唷！為什麼你要這麼說？」Noey對著我嚷嚷。

我還來不及替自己辯解，他便背過身、逃開了。我坐在原地望著他，他脫掉那件熟悉的牛仔夾克，將它披在不遠處

的椅背上。Noey 步至床的另一角坐下，他支著下巴看向窗戶外頭。

「你明知我愛你　忠誠於你　為何不讓我安心

即便你當下不怎麼愛我　我也會永遠等著你……[18]」

又來了，這次又怎麼了？那是什麼歌？Noey 斜坐著、假裝看向窗外，像個音樂錄影帶裡的男主角一樣。我含著笑，慢慢向他靠了過去。我與 Noey 的距離愈拉愈近，但年紀較小的他似乎還沒發覺，他仍然看著窗外、唱著歌。

「你明知我迷戀又擔心　就連吃睡都不安穩

哪天沒見面　早晚沒碰面

我還會每晚夢遊去找你……」

「鬧彆扭的小子。」

「怎麼又不說話。」

「又生我的氣了？我做了什麼？」

「……」

「Noey？」

18〈你也知道我愛你（คุณก็รู้ว่าผมรัก）〉的歌詞，原唱為 Thanin Intharathep（ธานินทร์ อินทรเทพ）。

「……」

「Noey弟弟？」

「……」

「小朋友、小朋友來跟哥哥說，你在氣什麼？」

「你……！」

Noey突然轉過身來，我和他同時都愣住了，我瞪大了眼睛，Noey也顯露出同樣的表情。此時，我們兩人之間的距離只剩不到十幾公分，在這麼近的距離裡與Noey面對面，讓我的心臟跳得愈來愈快。

不行，太危險了。

我正打算退開，Noey就彷彿是預知到了一般，他反手將我拉住。該死，我好像是掉進Noey設下的陷阱裡了。他靠得比原本更近，Noey已經不再動搖了，看來是準備好要找方法來欺負我了，他不允許我與他拉開距離，這表示Noey肯定是想要捉弄我的。

「Noey，放開。」

「什麼？沒聽見。」看吧，來了。

「Noey，快點放開我。」

「沒聽見耶，可能是我媽早上打我打得太大力了，我的耳膜一定是破掉了。」

「Noey！」

「沒聽見欸，哥，再叫一次。」Noey又貼得更近了。

　　我們的鼻尖碰在了一起，他溫熱的呼吸灑在我的唇瓣上方，讓我不禁將之抿得死緊。我全身僵直，心臟劇烈跳動到彷彿要破出胸口了。

　　我承認，Noey 是個很有魅力的人，眼神深邃、眉毛濃密，要是他能早個五、六十年出生，說不定就能跟 Mitr Chaibancha 或 Sombat Metanee 競爭，成為一線的男演員。

　　「Noey……放開，不要玩了。」

　　「……」

　　「別……別欺負我啦。」

　　看來現在不管說什麼，Noey 都不會聽進去了。他靜靜地盯著我看，Noey 那雙黑色的眼眸危險得很，Thi，可別一不小心就望回去了！不然肯定會掉入 Noey 那狡詐的圈套裡、被他欺負得更慘的。

　　「Noey，聽到了嗎？我叫你放開。」

　　「哥。」

　　「什麼？」

　　「我可不可以親你？」

　　「Noe……」

　　這是人生中的第一次，我從沒想過會有人對我說出這句話，而且對方不僅是個男生，年紀還比我小了好多歲。不過，我還沒來得及好好理解那句話，眼前的畫面就突然失了焦，僅一瞬間的動作就讓我頭暈目眩，我的腦袋完全跟不上

此刻的狀況，只能像失去聲音般、就這樣一動也不動。

我和Noey……

覆蓋下來的溫熱唇瓣讓心跳失了節奏，我瞪大眼睛望著Noey，兩側的手指緊緊地抓住對方顏色刺眼的花襯衫。Noey閉起眼睛，施力將雙方的身體拉得更近，直到我們兩人緊貼在一起，Noey灼熱的呼吸彷彿是一種毒藥，讓我的腦海一時之間只剩下一片空白。他微微傾過臉，伸手扶住我的臉頰，調整成自己喜好的角度，他的嘴唇慢慢地輕捻，似乎是不想要再驚動到我。

Noey不會這麼容易就放過我，他一感覺到我的理智正在回復、想要掙脫之時，便再次將我整個人拉了過去，並出力壓住我的身體，讓我開始感覺到有些疼痛，不由得捶了他幾次，他才願意將我放開。Noey望過來的那雙甜蜜眼神，讓人幾乎說不出任何話來。

十七歲的孩子怎麼會這麼擅長接吻？

「Chintara，你的臉超紅的。」

「……」

「會痛嗎？」

「……」

「欸你，說點什麼啊，你還好嗎？」

「……」

是要說什麼啦？說不出話來啦，我被嚇得還沒回魂呢！這小子，今天戲弄我戲弄得太過分了吧！

「哥，我問你怎麼樣？」

「Noey……」

「這還只是初階的喔，我還沒有展現技術呢！別小看我了。」

「你今天欺負我欺負得太厲害了……」

「沒有要欺負你，我是認真的。」Noey說著，同時舉起手撥著瀏海。

他停下撥弄頭髮的手，伸過來扶住我的臉龐。我望著Noey，再次抿起嘴唇，不知道究竟是我的臉比較燙，還是Noey身上的溫度比較高。我只能夠癟著嘴、坐在原地，手裡緊握著他的衣服。

「Thi哥，你不要這麼可愛好不好。」

「……」

「你這樣子，我真的要打你了喔。」

「閉嘴啦Noey。」

「一直以來都知道你的嘴巴不硬，但沒想到會這麼軟。」

「夠……夠了喔。」

「怎麼樣？我的嘴唇硬嗎？」

「我叫你不要再說這件事了！」

「哥，」

「……」

「不可以讓別人看到你現在的樣子喔，求你了，不可以輕易做出全身泛紅的反應喔。」

「No……Noey！」我喊著對方名字的聲音大得可和雨聲比拚。

Noey用盡全力將我拉過去，讓我們更貼近彼此，最後我整個人被他抱住、坐在他的大腿上，Noey的雙臂摟得死緊，一隻手在我的後背來回輕撫，像是在安撫我一般。

但不好意思！這種做法，只是讓我更拚了命地想要逃開啊！Noey！

「我想開口卻內心羞赧　思了又想　竟羞得沒了膽

懦弱的少年郎手足無措　我還未曾

試圖揭示內心……[19]」

低沉的嗓音隨著他手撫後背的節奏響起，我試著出力推開他的胸口，卻一點效果也沒有，我抵抗不了花火寺Noey擁抱的力道。

「我想著要說卻悸動不已　又驚又怕　我不厲害

年輕的孩子手忙腳亂　費盡心思

次次羞赧該怎麼辦……」

「Noey，放開我，夠了。」

19〈我說不出口（ผมพูดไม่ออก）〉的歌詞，原唱為 Thanin Intharathep（ธานินทร์ อินทรเทพ）。

「一見你就心亂　情不自禁　可比熊熊燃燒的篝火

思之夢之　囈語連連　儘管睜眼　就變得瘋狂。」

我又使勁地推了推，但這回Noey卻是摟得比原先更緊，他的臉貼到了我的肩膀上。此刻，他的歌聲停住了，因為他隔著衣服咬了上去，即便不怎麼痛，但這個舉動還是讓我感到詫異。什麼啊？Noey這是在做什麼？

我想，我邀他上來房間這個決定，是不是做錯了？

「Noey，不要捉弄……」

「我好幾次想說卻說不出口　重要的話語

見了面卻緊張不已　害怕就試試吧

無法猶豫了　決心說出我愛你」

「Noey！」

「我愛你。」他停下歌聲，妥協地退了開來，並再次望著我。

當Noey願意退開的時候，我立刻靜了下來、呼吸粗重，與他過招已經讓我太累了，可是背後的那隻手還沒有停下，他輕拍的節奏彷彿是在配合歌曲的節拍一般。

「決心說出我愛你……」

「Noey。」

Noey重複說了這句話好幾次，讓我的臉又再次燒了起來。

「我愛你。」

「Noey。」

「我愛哥。」

「！」

「繼續當我的 Jamnien、Wanlapa、TaengAon、Chintara，可以嗎？」

「……」

「做花火寺 Noey 的男朋友，不管你想要月亮還是星星，只要向我開口，我就會去替你摘來。你要什麼金銀珠寶，都可以說出來。」

「夠了，小小年紀怎麼會講這種話？」

「喂，我已經不小了！」

「還小。」

「不小！」

「小！啊……唔！」

一跟他爭論起來，Noey 就皺起眉頭，看來是對我說他年紀還小這件事感到十分不滿。不樂意被指稱還沒長大的對方再次把臉欺了下來，這回，Noey 比第一次更用力地壓上唇瓣，他的其中一隻手移到我的下巴上，輕輕地捏著。

我既是吃驚又是反應不及，恍恍惚惚地不小心鬆開了嘴，這等於是為自己挖了一個大坑。一得到機會，濕潤的觸感就緊跟上來，一發覺到 Noey 的舉動，我就不禁緊緊地閉上了眼睛。

這、這個……這已經不是普通的吻了吧！電影裡面都只

有嘴巴碰嘴巴而已啊!

「唔!」

陌生的聲響模模糊糊地傳進耳裡,讓人不得不閉緊眼睛去逃避在身上蔓延開來的尷尬。Noey持續吻著,連讓我停下來喘口氣的時間都不給,對方的舌頭在自己的口腔裡翻攪糾纏,我一想要逃跑,他就更是使勁地壓住我。我真的不明白為什麼一個十六歲的少年會對這些事情如此熟練。

到了某個地步,我便開始覺得疲憊了,只好不斷捶打他、讓他放開。起初Noey似乎還不想放手,直到發現我已經快要不行了,這才釋出願意放人的訊號。Noey又一次用力地吸吮著我的嘴唇,用力到讓我好害怕它會掉下來,然後他才將那張深邃的臉龐退開,但還是不願意鬆開摟抱著我的手臂。

我立刻抬手遮住自己的嘴巴,盯住Noey的臉,而他則是伸出舌頭、舔了舔沾在嘴邊的透明液體,同時也回望著我。

「幹,櫻桃梗有用!」

夠⋯⋯夠了!我現在就要喊保全過來、把Noey拉出這個房間!

💙第二十七下　憂心不已

　　我和Noey之間的故事開始了，認認真真地開始了。

　　現在Noey已經升上了高二，最近各個高中都開學、且也已經過去一個多月了，Noey當然也必須去上學，跟其他孩子們一樣好好地去學校上課。

　　我感受得到Noey正在進步，如他所說的一般，他正漸漸轉變成一個好孩子。我很高興能看到Noey變得願意念書、脫離幫派，甘願將前進方向轉往普通學生的道路上，每一次Tim姨告訴我關於他的事情時，我也都很替他感到開心。

　　我跟這名少年正在交往的事情還沒有太多人知曉，因為我個人並不想向他人透露太多，畢竟Noey的年紀還小，但Noey已經向他的母親知會過了。我承認，在第一次得知Tim姨早已知情時，我默默地感到非常震驚，忍不住會去想，自己之前試圖掩飾的那些時刻，放在Tim姨眼裡應該是相當得可笑吧。至於自己，我就只有選擇跟親近的友人說而已，除此之外並沒有讓其他人知道。

　　自從走到這一步，我開始能去思考做為一名男朋友，該為對方做些什麼了。我知道，我們應該對彼此更加用心，要成為支撐對方的核心能量，如果他遇到挫折，我會不時給予

他鼓勵。有一天輪到我疲憊了，他也能回饋動力給我。

這樣的關係，我敢說是對彼此相當得有益，出色得不該被他人攔阻。

我決定了……今天就要和自己的家人說。

我考慮這件事好一陣子了。我不知道爸爸跟媽媽會不會理解，因為自己原本也不是會跟他們討論那些情情愛愛的事情的人，來到這個年紀之前，我從來沒有過交往對象，也不曾帶任何人回去介紹給他們知道過。我很害怕，如果說出口，他們可能會因為兒子交了個男朋友而感到震驚，而且對方還只是個高中生。

坐牢也怕，父母也怕。Noey 啊，你就是被佛祖派來讓我感到如此煩心的吧？

不過也不能只怪罪於他，如果我沒有陷下去，事情也不會來到這個分上。

誰知道呢，我居然會對那個不良少年動心。

「哈囉，媽。」

『怎麼了，嗯？上次打給媽媽都不知道是多久以前的事了。』

「呃……Thi 有事情想跟媽說。」

『媽媽怎麼覺得小 Thi 是要給我一個驚喜呢？』母親反問著，並輕輕地笑了。

我癟著嘴，深深地吸了一口氣。我緊張到連坐都坐不住

了，不得不起身、在房間裡頭來回踱步。

『媽媽我也有驚喜喔！』

「媽，Thi 有事情要說，媽不要嚇到喔，Thi 覺得這是件很正常的事情，Thi 知道媽應該沒問題……」

『小 Thi 有什麼事情呢？』

「媽，我有正在交往的對象了。」我最後還是決定要讓對方知道。母親聽到便沉默了下來，她會說什麼呢？會被嚇到嗎？

『真的嗎？小 Thi 沒有騙媽媽，對吧？』

「還有……」

『媽媽等好久了，終於等到小 Thi 交到另一半了！她可愛嗎？』

「呃……媽，對方是個男生。」我將真相說了出口。

媽媽的笑聲消失得無影無蹤，我的心臟跳得好快，既緊張，又擔心自己的母親，她接受得了嗎？我握著自己的手，心臟快要撐不住了，不知道接下來該怎麼辦才好。

『小 Thi，這是要給媽媽一個驚喜嗎？』

「……」

『這樣的話，來開門吧！媽媽也有驚喜要給你。』媽媽一說完，通話立刻被切斷了。我張大了嘴巴，媽媽剛才說的話讓我感到很訝異。

我趕緊邁步走向房門口，一打開門，我就驚訝得差點要

昏倒了——我媽就站在門外，連我那因為經常需要飛去國外工作而不常見到面的爸爸都在。爸和媽兩人的視線都投射在我身上，我只能用力地嚥了嚥口水。

要上斷頭臺了，Thi。

「小Thi，現在就帶媽媽去見他，現在就去。」

「媽，我覺得應該要先打電話講一聲，以防他不在家⋯⋯」

「小Thi，安靜一點。跟媽媽說，是要往哪條巷子走？」

「媽。」

「哪條巷子？」

「前面，左轉。」我逼不得已只好照實回應媽媽的問題。

媽媽非常堅持要跟我的男朋友見面，甚至到了逼我直接帶她來的地步。我試著說服過她了，只是我媽不愧就是我媽，她就是非常想知道那個被兒子稱作男友的人，究竟長什麼樣子。

她已經等不及了，於是決定親自開車到府拜訪，而我也告訴過她，今天是假日，Noey可能會不在家，更何況現在時間還早，大概才剛過八點半而已。我盡可能地想說服她，但媽媽仍堅持著一定要見到人，坐在一旁的爸爸則是沉默不語。不知道爸爸是怎麼想的，因為從剛見到面開始，他就一

直是這樣安安靜靜的。

　　我知道，我和爸爸之間有很大的隔閡。爸一搬去國外工作，我就不太有機會能和他交談了，所以已經不如小時候那般親近了。

　　過了一會兒，那棟熟悉的房子出現在眼前，我知會母親，她便停了車。我們三人下車站到了門前，媽媽按下電鈴，此時我的心臟「噗通噗通」地直跳。門緩緩地開啟，開門的人是Tim姨，見我一大早就帶著不認識的人來到自己家門口，Tim姨似乎也嚇了一跳。

　　「Tim姨早安……這是我爸跟我媽。」

　　Tim姨瞪大了眼睛，不知道喃喃自語了什麼，她用手輕輕摸了摸自己的臉頰，接著才舉手向我父母問好。

　　「請問您是Thi男朋友的媽媽嗎？」

　　「呃……嗯，是的。」

　　「我是Thi的母親，剛剛得知Thi在跟貴公子交往，所以來打招呼一下。」母親說完話後，Tim姨的神情就變得有些緊張，於是我連忙走過去、阻隔在兩人之間。媽媽需要冷靜一下，而Tim姨則是太認真了，她的臉色都刷白了，看來我得趕緊阻止自己的母親才行。

　　「請問，貴公子呢？」

　　「呃……Noey現在不在家。」

　　「哦，男朋友的名字叫Noey？」我媽揚起眉毛，轉身向

我詢問，我眨了眨眼睛，希望能讓媽媽冷靜一些。

就在屋前的氣氛變得愈發緊繃之時，我們突然聽見巷口外傳來了音樂聲，且伴隨著一大群人的喧鬧聲。聲音隨著節奏愈來愈大，讓我們每個人都嚇了一跳、轉身注視著聲音的來源——不遠處有一輛遊行花車，我猜應該是有剃度活動，不然就是迎親隊伍之類的。花車漸漸駛近、樂聲也變得愈來愈響。

等、等等……那、那是……

我發現了某個高大的身影，不禁倒抽了一口涼氣。眼熟的他在行進的花車前、喇叭的附近移動著，身旁圍繞著一群看上去十分熟悉的少年們，每一個人都隨著樂曲的節奏舞動著。我凝視著那名穿著立領花襯衫和寶貝牛仔夾克的男孩，他先前兩側剃短的髮型已經消失了，變回了那頭被塑形得非常顯眼的造型。

我凝視著他的視線似乎太過明顯，以至於讓站在一旁的人都注意到了。

「小Thi……那個人該不會就是Noey吧？」

「你慘了，Noey。」

我對著自己的父母尷尬地笑了笑，母親還處於看見自己兒子的男朋友在花車喇叭前扭動著的震驚裡。沒幾分鐘後，那輛花車就來到了Tim姨的家門口前，喧鬧的聲響逐漸增大，他似乎玩得很開心，開心到居然沒有發覺有三個人正站

在自己的家門前。

　　我望著他們，直到有一名少年、我記得他是Noey的摯友，他先看見了我們，就連忙走過去戳了戳正舉著手搖擺的人，對方一開始還揮開少年的手，但就在他回過身、瞧見我的時候……

　　「你、你……」

　　我只能對著Noey乾笑，看來我身在此處這件事，讓他感到十分震驚。Noey停下舞步，其他人也陸續停了下來，最後他們就杵在那裡一動也不動。

　　「小Thi，真的是這個人？」媽媽立刻轉過頭來問我，她的表情看上去，像是不太能相信眼前發生的事情。我握著自己的手，瞥了Noey一眼，他和他的兄弟們已經走近到我們面前了，Tim姨趕緊上前去站在自己兒子身旁。

　　我們不發一語地等待花車離去、等到整條巷子再一次回復平靜。Noey佇立著一動也不動，看他的樣子，應該也猜到我身旁兩名男女的身分了。

　　「Noey是嗎？」

　　「是。」當我母親向Noey提問的時候，我抿住了唇，這還是第一次聽到他使用敬語。Noey站在原地，目不斜視地望著我爸媽，他看起來一點也不怕。

　　「小Thi，今天的驚喜太多了。」媽媽轉過來跟我竊竊私語。

「你是怎麼認識 Thi 的？你讀哪個學院？」這次輪到我爸問話了。聽到自己父親的聲音，我嚥了嚥黏稠的唾液，不知道我爸媽現在的情緒是喜悅、還是憤怒。

「我還在念書。」

「我是問你念哪個……」

「高二。」

「啊？」

「天啊，慘了，Noey 你！」Tim 姨不禁叫道。

我跟 Tim 姨一樣忍不住舉手按了按太陽穴。母親得知自己的兒子在跟一個高二的孩子交往，看起來十分震驚，她目瞪口呆地左右來回看著我跟 Noey，讓人感覺十分不妙。我向母親靠近、拉住她的手輕輕撫摸著，一邊露出無辜的眼神，希望她能因此心軟。

「媽，Thi 沒有跟他做什麼不好的事情，我們只是很普通地在交往而已。」

「他才高二啊，Thi。」

「呃……Thi……Thi 會教他念書。」

「高二，十七歲。」

「Thi 只是教他念書……」

「才十七歲啊，Thi！」

我想哭了，媽媽為什麼要這樣拚命強調 Noey 的年紀啊？我好擔心啊……

「是因為家教的工作才遇見他的，是嗎？」

「呃……對。」

「媽媽覺得這樣不行。」媽媽搖了搖頭，往後退開。

見她交替打量著我和 Noey，我再次抿住嘴唇，從對方的動作大概可以了解到，母親對我們這段關係絕對不是滿意的。見到我的母親不喜歡他，Noey 看起來也很詫異。

「Thi，夠了，這個人不行。」

「媽！」

「Thi！他還只是個什麼事都不懂的小孩子欸？看他這個樣子，一定還是個不良少年、是個不成器的孩子！媽媽不明白，為什麼 Thi 會……」我媽抓著我的手臂，把我帶開一段距離，她望著我的那副表情，比先前任何一次都還要認真。我不知道要說什麼才好，現在一點也不敢和她爭論。連爸爸也移動過來，站到了我的另一側，我整個人都要喘不過氣了。

Noey 已經在改變了，他正朝好的方向前進。

「請你們不要這樣抓著 Thi 哥。」

我立刻轉頭看向聲音的來源。Noey 正步向我們，Tim 姨想要阻止，但 Noey 還是走了過來。我媽慢慢鬆開了我的手臂，也跟著轉過去看著 Noey。

「Thi 哥沒有錯，錯的是我。」

「阿姨沒有想罵你，我知道你應該只是一時迷戀上 Thi 而已。」

「不只是迷戀，我是認真的。」

「Noey！」

「所有跟他有關的事情，我都是認真的。」

「別再打擾 Thi 了。」聽到自己父親的聲音，我嚇了一跳，這下子反對的就不只是母親了。我轉過頭看向父親，他的相貌本就比較嚴肅，此時看起來又更加嚴厲了。他開口這樣要求 Noey，讓在場所有人都愣住了，不時還能聽見竊竊私語的聲響從 Noey 那伙人的方向傳來。

「我……」

「不要說你不想分，無論如何都要分手。」

「……」

「才十七歲而已，高中都還沒畢業，Thi 都已經要念完大學了。」

「……」

「他要去國外深造，你不要絆住他。」

「爸……爸！」我錯愕地看著自己的父親，沒想到他會把這件事情說出來。

聽到這意外的消息，Noey 似乎也嚇到了，他立刻轉過來看著我。

坦白說，關於是否要繼續念書這件事，自己其實也有想過，我可能會去念碩士，但目前還沒有做太多計畫，後來也有了想去做其他工作的想法，便一直將這個考量放置著。

　　我緊抿著嘴唇、看著Noey，他的表情顯示出他現在有多麼得困惑。

　　Noey，之前都沒有向你提過這些事情，我很抱歉。

　　「為什麼哥都沒有說？」

　　「Noey……我是……」

　　「為什麼要到現在才讓我知道？」

　　「……」

　　「我知道你本來就很壞心，但居然壞心到這種程度喔？」

　　我一點也不喜歡自己現在這個樣子，我什麼話也說不出來，什麼事情都做不了，只能杵著不動，等待爸媽說出更多阻撓的言語。我應該要出聲說些什麼才對吧？我應該要做出一些反抗吧？我跟Noey兩人還沒有走得多遠，這段關係就要結束了嗎？

　　「希望你能理解。走，回去吧，Thi。」

　　「媽！」

　　「家教的工作，媽媽不讓你做了，放棄吧。」母親對我說著，拉著我的手臂、把我拖向車子。

　　我回過頭望著Noey，他仍然緊握著拳頭佇立著，Tim姨看起來也不太高興，氣氛相當得烏煙瘴氣。

　　我被媽媽帶回了車上，換成爸爸來開車，媽媽則坐在副駕，留我一個人坐在後頭。

　　「媽！爸！為什麼要這麼做？」

「Thi！你不可以為了這個人，拿自己的未來去冒險。他還小，也還不懂事，他有辦法照顧你嗎？」

「但……但是我喜歡他啊。」

「我明白 Thi 喜歡他，但你能確定那個年紀的孩子、有辦法跟你穩定交往嗎？」

「……」

「小 Thi 喜歡男生，媽媽沒有意見，但我期望的是，對方必須要是個可以讓我把你安心託付出去的人。」

「媽！」

「而那肯定不會是那個孩子。」

我已經不知道該怎麼做，才能讓媽媽願意靜下來聽我說話了，不管是爸、還是媽，都已經對 Noey 產生很深的偏見了。我也不知道能反駁什麼，因為從外表看來，Noey 就如爸媽所說的那樣，是個一無所有的少年。但我跟他相處了好幾個月，我進入對方的生活之中、對他有所認識，我知曉 Noey 是個什麼樣的人，也知道 Noey 肯定不會是媽媽看不起的那種無用之人。

就在父親要開車駛離此地之時，Noey 突然衝了過來、擋住前方的路，車子緊急煞車，爸瞪著張開手臂站在路中央的 Noey，而 Noey 則用嚴肅的神情凝視著我們。

「這孩子！」

「媽！」

　　爸跟媽都下了車，於是我也趕緊打開車門。

　　「我不分手。」Noey清楚大聲地強調著，這讓母親更不高興了。

　　「你聽不懂我剛才說過的話，是嗎？」

　　「對，我不懂。」

　　「你！」

　　「我不懂你們為什麼不給我們一點機會。」

　　「……」

　　「我很喜歡哥，真的真的很喜歡，不是開玩笑的，也沒有想過會有別的可能性。」

　　「你還小，再過一陣子想法就會改變了。」

　　「沒錯，長大之後想法肯定會改變，但我對他的喜愛永遠不會變，無論如何、絕對都不會改變。」

　　「……」

　　「我這輩子已經不知道要上哪去、才能找到這麼好的人了，拜託不要把他從我身邊奪走。」

　　我望著Noey，他都這樣子懇求我爸媽了。Tim姨連忙走到自己兒子身邊護著他。

　　母親站在原地、沉默不語，父親也一樣，兩人只是默默看著站在面前的母子倆。

　　Noey深深吸了一口氣，慢慢將視線轉移到我的身上。

　　「雖然你爸媽現在還太不喜歡我，但你不用擔心。」

「Noey？」

「有一天我會變得夠好，好到足以配得上你。」

「……」

「Thi哥，等等我，我會成為一個讓你挽著我的手臂、不管去到哪裡都不會感到丟臉的人。」

❤第二十八下　永不厭倦

　　從去Noey家裡見他的那天開始，我就被我媽要求停掉家教的工作了，所幸爸媽沒有禁止我和Noey聯絡。儘管他們沒有阻止，也不代表我爸媽已經接受Noey了，我試圖努力說服過他們兩人，但都沒什麼效果。我很清楚他們為什麼會用如此負面的角度看待Noey，因為一開始我還不夠認識Noey的時候，也是用同樣的方式來看待他的。

　　現在，只能期望他們能給Noey一個成長的機會了。

　　我嘆了一口氣，今天已經不知道嘆了多少次氣了。我開始重新正視去國外深造的事情，我承認自己對出國念碩士這件事還蠻感興趣的，我和家人已經為此計畫很久了，就算這陣子有其他事情讓我分心、或是有其他也想去做做看的事情，但一回頭認真嚴肅地思考，我就沒辦法否認，這個想法從沒有從我的腦海中消失過。

　　唉，要怎麼辦才好呢？

　　我已經好幾天沒有聯絡Noey了，而Noey也同樣沒有主動來聯繫我，我不明白我們兩人為什麼會變成這樣，明明爸媽就沒有下這樣明確的禁令。我瞥了眼毫無動靜的手機，上頭並沒有那個熟悉的來電痕跡。我實在是很擔心Noey，他才

多大年紀就得遭遇到這麼辛苦的事情，我不知道他撐不撐得住，還是說，他是不是已經想要放棄了？

　　我不想承認⋯⋯其實⋯⋯我也暗暗感到害怕，害怕事情會變得像媽媽所說的那樣。

　　「Thi，他還小，他現在可能只是一時迷戀你而已。等他長大了、想得更深了，他會遇見更多不同的人，Thi你受得了嗎？Thi，媽媽在他身上看不到任何穩重和定力。」

　　現在已經晚上九點鐘了，我依然坐在椅子上，不停地嘆著氣。我又一次轉頭看向自己的手機，決定立刻打電話給某個人。不管啦，我今天一定要和Noey聊一聊，不能再讓事態這樣停滯下去了。

　　在等待對方接聽的期間，我起身來回踱步，但Noey一直不願意接電話，讓我不住地擔心，還好通話有在自動切斷的最後一秒前接通，不然我差點就要為此死心了。

　　「Noey！」

　　『怎樣？』

　　「我⋯⋯」一聯絡上他，反而就不知道該如何組織言語了，不曉得要先說些什麼才好。

　　『你還沒睡嗎？』

　　「嗯，你也一樣，對吧？」

『好想你喔。』

「我也想見你。」我坦率地回應道。

『下來吧,我在樓下。』

「你⋯⋯你來找我了?」聽到 Noey 的話語,我瞪大了眼睛。什麼,他又來找我了喔?為什麼總喜歡不先說一聲就突然冒出來啦!

我繼續保持著通話、急忙下樓。一出電梯,我就立刻走出宿舍外,來到前方的某個定點佇立著,我跟 Noey 總是約在這裡見面。我左右張望,直到發現站在摩托車旁邊的某人,今天的 Noey 仍然穿著整齊的學生制服,我掛上電話、馬上向他走去。

「Noey,我來了。」

「超想你的!」

我停下腳步,Noey 也緩緩抬起頭來回望著我,他疲憊的眼神及憔悴的臉色讓我感覺不太妙,我趕緊上前去看看他。為什麼 Noey 會變成這樣?

我一靠近,Noey 便拉過我的雙手,一遍又一遍輕輕柔柔地捏著。

「好累喔。」

「你去做了什麼?」

「上課。」

「哈?」

「補習班剛下課，還沒回家就先跑來找你了。」聽到Noey說他去補習，我愣住了。我望了他放在座椅上、鼓鼓囊囊的黑色背包一眼，便抽回一隻手，將之打開來查看，裡頭塞滿了課本及補習班的講義。

得知Noey去做了這些事情，我的下巴都要掉下來了，難不成他每天都是這樣上課，上到晚上八、九點的嗎？他居然這麼做了！

Noey啊Noey……

「超級累的。」Noey的語氣說明了他的疲倦。

他捧著我的一隻手放到自己的臉頰上，閉起眼睛。看看這孩子現在的模樣，Noey的眼眶底下都黑了！我已經不敢和他聊一些嚴肅的話題了，只能輕輕地撫摸他的頭。

「為什麼要做到這種程度？」

「我說過，為了你，我要變成一個很好的人。」

「……」

「現在只能先做到這樣，我很努力了。」

「你已經很棒很棒了，Noey。」

「我想要變得更好，想讓你爸媽不能再多嫌我什麼。」

「Noey。」

「我要考進那什麼鬼奧林匹亞訓練營，我會拿金牌去給你爸媽看的，有任何比賽都會去參加，而且通通都要拿到獎牌。」

　　我嘆了口氣，扶著Noey的臉頰、將它抬了起來。Noey說的那個考試，那很不簡單耶！我知道Noey很努力在改變自己，但要是讓他太過逞強，去做那些超過自身能力太多的事情，那就糟糕了。我很開心Noey願意變好，為他感到非常高興，但如果Noey的轉變必須依靠他的不快樂作為代價，那我是一點也不樂見的。

　　「這樣就已經很厲害了。Noey，不要太勉強了。這件事我會處理。」

　　「我怎麼可以讓你自己一個人去處理？」

　　「我可以處理好的，相信我。」

　　「哥才這一點身高，不要背負這麼多擔子啦，哥，分一點給我吧。」

　　「Noey，不用擔心我爸媽的事情，他們總有一天會理解的，就像我理解你一樣。」

　　「你之後真的會出國，對嗎？」Noey問了一個棘手的問題，我不禁抿起唇。其實這件事，我已經決定好了，對我來說，出去國外進修是件再正確不過的事情了。我的手被對方輕輕地反覆捏著，我望著Noey的臉，接著慢慢地點了點頭，

　　他嘆了一口氣。「你不用想太多，好好出國、認真念書。」

　　「Noey。」

　　「就算你身在遠方，我們的關係也不會有所動搖的。」

「……」

「有個在國外念書的男朋友，超酷的，你說是吧？」Noey 笑著說道。但那抹笑容並沒有讓我感受到他的喜悅，我最後忍不住，上前抱住了 Noey，對方也馬上合攏自己的雙臂，我們兩人就這樣相擁在一起——就算現在身處於路邊、在宿舍前方，或許會有人在看，但我全都不管了。我抱著 Noey，撫摸著他的背，Noey 把頭靠在我的肩膀上，長嘆了一口氣。

「哥，你對我有信心嗎？」

「嗯。」

「明年你就不在了，對嗎？」

「可能……吧……不知道。」

「為什麼我沒有出生得早一點呢？」

「……」

「哼……算了！」Noey 慢慢退開。

他盯著我的臉，露出了一抹淺淺的笑容。年紀較小的少年將厚實的手掌放到我的頭上，我沒有出聲，讓 Noey 隨心所欲地去做。

「別擺出這麼難過的表情。」

「Noey 你也別想太多了。」

「你以為我會對你爸媽的事情感到焦慮喔？不過是件小事而已。」

「……」

「我對你還感到比較焦慮。」

「焦慮我的事情？」我皺起眉頭，Noey 真的不擔心我爸媽的事情嗎？

「對啊，你這麼可愛，放你去國外念書，如果被外國人追走了，那我該怎麼辦？」

「欸！」

「如果你丟下我、跟外國人跑了，我會在泥坑裡面打滾著大哭喔！吼嘟！」

我打了 Noey 的手臂一下，處罰他亂講話。打過他一次，我又忍不住再打了第二下，因為他真的太煩人了。Noey 啊，都這種時候了，你居然還敢在那邊亂開玩笑，可惡！

「哥！我是用這隻手臂來寫字的耶，你這樣打，要是我的手臂斷了怎麼辦？」

「少誇張了，我才沒有打你打得那麼大力！」

「很大力！你看，都瘀青了！」

Noey 啊，能不能不要再玩了？唉！

「就叫你不用擔心了！」Noey 伸手捏住我的臉頰，左右拉了拉，讓我不得不又輕輕打了他一下、作為制止。Noey 輕笑出聲，我能感覺到，我們心中的陰霾都漸漸消失了，Noey 此刻的臉色也比剛見到面時要好上了許多。

「你身為花火寺 Noey 的男朋友，有什麼好擔心的啦！」

就是因為你是花火寺 Noey，我才會有這些憂慮啦！

「我被化緣缽敲過，也被一堆人包圍著踹過，甚至還被刀子捅過了，你爸媽肯定也奈何不了我的。」

「真愛吹牛。」

「我才沒有吹牛！」

「這就是在吹牛！」

「吼，就說了沒有吹牛！」

「你就是在吹牛！說大話……！唔！」一想跟他爭論，Noey便用把我拉過去抱住這招來化解。

我輕輕地笑了，也伸出手來撫著對方的背脊，用哄小孩的節奏拍了拍。我摟著他左右晃了晃，現在的Noey是幾歲的小朋友呢？

「你成長很多了呢，Noey弟弟。」

「是喔？」

「要是累了，打電話給我也可以，我隨時都會等著你的電話的，知道了嗎？」

「嗯。」

「我知道你很努力、很用功了，但不要把自己燃燒殆盡、不要做超過自己能力範圍的事情，我會擔心的，知道嗎？」

「知道了。」

「知道了就可以放開我了，回家睡覺吧孩子！」

「不要，我不放！」

「Noey！」

「媽的，你讓我變得像寺裡的野狗一樣了啦，天上花[20]小姐。」Noey說著，我聽了不禁輕笑出聲。什麼啦，聽聽他今天又叫我什麼了！

「成天都只能望著飛機發呆，對著芭蕉葉乾笑，像狗一樣超遜的，真的。」

「又在浮誇了。」

「吼，哪有浮誇，我現在也像狗一樣啊，好幾天沒見到你，心都要碎了。」我一邊笑著，一邊緩緩離開Noey懷抱，我想目前先這樣就足夠了，必須放Noey回家睡覺了，夜深了，今天就先讓彼此充電充到這裡。

我退了開來，但Noey還是不停地凝視著我的臉，並緊緊地抓著我的手，完全不願意放開，讓我再次笑了出來。一打算把手抽開，他就耍賴地癟嘴。

「你該回家去了，今天不是很累了嗎？」

「見到你就不累了。」

「該回家了，不然Tim姨等一下就會來問了。」

「喂。」

「嗯？」我微微一愣，重新將注意力放到Noey身上。Noey鬆開我的手，轉身打開自己的背包，似乎正在找些什

---

20 天上花與寺狗（ดอกฟ้ากับหมาวัด）：為泰國人慣用的譬喻，用來形容兩個人的身分背景懸殊，幾乎不可能走在一起。

麼。他搜找了一陣子，卻沒找到，於是 Noey 用力搔了搔自己的頭。

「Noey？」

「可惡！跑去哪裡了？算了，媽的，我現在做。」

我站在原地看著眼前的少年，Noey 拿出作業簿，撕出一張小小的方形紙片，他抽出插在背包內側的筆，在上頭窸窸窣窣地寫了些字。不久後，那張小小的紙條就被遞了過來。

「這是我訴說愛意的紙條，從見到你的那天開始，我的心就變得如小狗一般，遇見命定之人後卻不敢告白，真想告訴你，你真可愛。」

「嘿，喜歡就笑一下，忍著幹嘛？」

Noey……你這……小瘋子！

「情書，我之後會常常拿來給你的。不可以心志不堅、愛上其他人喔，Jamnien。」

「Noey，夠了。」

「你啊……」

「又怎麼了？」

「我的……寶貝（My precious）。」

那為什麼要在說這些話的時候，做出一副像「咕嚕」一樣的表情啦！吼唷！不要害羞了，Noey！

♡

「Noey，你還好嗎？」

「我沒事。」

「你先睡一下啦，不然等一下又頭暈！」

「我就說我沒事了！」

「沒事個屁，你到底有沒有睡覺啊，Noey？」

Thiw的牢騷聲在教室內響起，讓其他人通通轉頭過來、看向他們。全班之中最為高大的少年趴倒在桌面上，他不太好看的臉色，讓教室中的其中幾人開始坐立不安，因為Noey已經好久沒有擺出這副模樣了。

「我知道你很愛他，但Noey，你為什麼要讀書讀得那麼凶、補習又補得這麼重？」

「我沒有。」

「Noey，你睜開眼睛看清楚！你現在已經快被讀書給逼死了！」

「我沒事啦！就這一點小屁事，我都被踹過多少次了，還不是沒怎樣，你覺得我會栽在這什麼鬼教課書上嗎？你才別看衰我，簡直損了我花火寺Noey的名聲！」Noey向好友回嘴，接著坐直身體，他拍了拍自己的臉後，便打開書本、繼續苦讀。

Thiw看著自己的友人，只能搖頭嘆氣，他不知道該說些

什麼，才能讓對方願意降低學習強度。Noey 最近變得不像他原本認識的那個人了，Noey 找了很多不一樣的補習班，每天都在念書、做作業，對方做到這種程度，Noey 的兄弟們也都為此感到擔憂。

Thiw 還依稀記得，那天在 Noey 家門口前發生的那些事情。

「我知道你很愛他，但要是哥他知道你把自己逼成這樣，他也不會開心的！」

「我說了我沒有逞強，我撐得住。」

「唉，Noey 你啊！」

「老大！拿到了、我拿到了！」

Noey 和 Thiw 隨著呼喊聲轉頭，看到有名年紀與他們相仿的少年衝進教室，手上還抓著一些文件。他直直跑到 Noey 的桌前，將紙張放到桌上，Noey 取過文件便開始閱讀。

Thiw 望著自己的好友，「Noey，這是什麼？」

「沒什麼。」

「Noey，我可是 Thiw，別想呼嚨我。」

「就……沒什麼。」

最後 Thiw 忍不住了，他選擇直接搶過來看。

他的眼神掃過、粗略地看過文件，「你這是……」

「幹嘛用那種眼神看我？」

「你要去考獎學金喔，Noey？」

「嗯。」

Thiw 張著嘴，視線在文件與好友之間來回交錯，他對摯友的這番決定感到既驚訝又錯愕，紙張上的黑色文字也證實了他並不是在作夢——這一天終於來臨了，花火寺 Noey 為了某個人而徹底改變自己的那一天。Thiw 從來沒想過會有今日，Noey 居然會願意為母親以外的人做出行動。Thiw 也知道獎學金是很難考到的，真的非常困難，就連學校裡那些優秀的學生都不敢輕易嘗試呢！

「Noey，這可是很難、非常難考的耶，混蛋！你認真的嗎？」

「嗯。」

「對手不只有我們學校的人，你要和全國的學生競爭欸！怕你沒聽清楚，所以我再說一遍，是整個國家欸！」

「對啊，我知道。所以 Thiw，你不用再阻止我了。」

「喂，我可沒有想要阻止你喔，Noey！你要去考，我本來就不會多說什麼，只是想考驗你的決心而已。」

「……」

「你對他是認真的，對嗎？」

「我看起來像只是在玩玩的嗎，Thiw？」Noey 將視線從書本上抬了起來，轉向對方的臉。

Thiw 看著好友堅定的表情與眼神，也只能嘆氣。他一遍又一遍地交錯看著好友及文件，只好認清事實，將文件放回

173

主人的面前。

「唉，Noey 你這個人吼，好啦！你就去找他啦！」

「沒有 Thi 哥的話，我活不下去。」

「我要吐了。」

「吐吧。」

「你會不會太迷戀人家了？」

「對啊，我知道。」

「那你還……」

「我一回過神來就已經這樣深深地愛上他了，要阻止也來不及了，混蛋！」

Thiw 搖了搖頭，Noey 都如此強調了，就能在一定程度上證明對方就是這麼想的，而且還遠遠超過他原本設想的程度。不過這也不奇怪，Noey 本來就是個愛上了，就會為對方犧牲、奉獻一切的人。所以 Thiw 能做的，就只有拍拍對方的肩膀、給予他支持及鼓勵而已。

「你是打算要在高三就考到嗎？還是怎樣？」

「先準備好再說啦，混蛋！他一畢業就會直接出國了，我只要知道他去了哪裡，就可以直接跟去了。再見面的時候就可以那個了。」

「加油啊！」

「謝啦。」

「嘿！各位！」

「有什麼事？說。」

「老大需要這鬼考試的題目，去替老大找來！找到最多的人，我就會給他獎勵！」

「我來了，老大！」

死Noey，既然你都這麼堅持了，那我除了幫你，應該也沒辦法多做些什麼了！

鐵達尼號不過就是鐵達尼號，羅密歐與茱麗葉也不過如此，花火寺Noey追妻追到國外的傳奇才是最強的，我會讓子孫傳唱下去的，臭Noey！

❤第二十九下　一切緣分所啟

「媽，Thi 可以不要跟他分手嗎？」

『Thi！』

「拜託。」

『不管我怎麼說，你都不會聽媽媽的話了，是嗎？』

「……」

『算了，Thi，你長大了，你自己決定。』媽媽用這句話
收尾之後，就走出了畫面外，只留下空盪盪的家中環境背
景，令我不禁嘆了一口氣。

今天，我下定決心要跟家人視訊、聊聊 Noey 的事情。我
試圖解釋，想讓媽媽理解 Noey 是如何努力地改變自己、有多
認真在學習，以及他對未來有怎樣的規劃。我知道媽媽的態
度有些軟化了，只是還沒完全接受 Noey，我都能明白，只希
望她不要阻止或禁止我們的來往，這樣就已經很不錯了。

我不知道這件事會不會改變我和家人的關係。

『Thi。』

「是。」我略略挺直身體，這次來到畫面之中的是我的父
親。

我很緊張，因為我們兩人已經好久沒有這樣認真地談論

某件事情了。長大之後，我就不太常對母親說一些自己的私事了，對父親更是如此，畢竟他一直在國外工作，而且總是很忙碌，久久才會回泰國一次。

『爸不想阻止你了，我知道你已經夠成熟、可以獨立思考了。』

「是……」

『如果你覺得好……爸和媽都不會再說什麼的。』

「真的嗎？」聽到爸這樣說，我有些心跳加速。這個意思是，爸接受了，對嗎？

『你媽的事情你不用擔心，她會罵你也只是因為擔心你而已。再一下下，她就會恢復成以前的態度了。』

「是。」

『好久沒和你聊天了，兒子……你長大好多了呢。』父親帶著微笑說道，他輕柔的笑聲讓我終於放鬆了一些。就像爸說的一樣，我們真的好久沒有像這樣好好聊聊了，於是我也回以笑容。

「爸也……一切都好，對嗎？您這次回家，我都沒有回去住一下。」

『沒關係的，我只是回來一下下，再過兩、三天就要回去工作了。』我抿了抿嘴，微微點頭。

『才不在家一下子而已，我的兒子都談戀愛了。』父親打趣地說道。我不知道該回答什麼，只能傾聽對方的話語，能

多聽聽爸的聲音也好。

　　『我不太有時間能陪你，都讓你媽一個人照顧你。』

　　「沒關係的，我理解。」

　　『兒子，爸爸想念你。』

　　「嗯，我也是。」聽到父親這麼說道，我心裡突然升起了一陣暖意，就好像我們的家庭關係正在慢慢地恢復，一點一滴地回到原本親密的模樣。

　　『Thi不用想太多，你想做什麼就去做吧，我跟你媽年紀大了，也不適合再這樣不停碎念或是要求孩子了。Thi長大了，對於是非對錯，應該要有自己的判斷標準，而不是只聽爸媽的，明白嗎？』

　　「是。」

　　『至於那個孩子的事情，要是他真的如Thi說的一樣優秀，再過不久我們應該也就能看得出來了。但如果不是，爸爸也希望，Thi能在下一個人身上學到更多。』

　　「是，非常感謝爸的理解，Thi覺得他也正在努力。」

　　『你很喜歡他吧？』爸含笑地回望著我。被爸這樣看著，我彷彿回到了小時候，以前自己的想法被識破的時候，爸也經常用這種表情看著我。

　　我安心了許多，今天好像每一件事情都有在慢慢好轉。媽媽或許還是有些不悅，但他們能這樣給Noey機會，我就非常替Noey感到高興了。

　『他年紀還小，要是他做了什麼不好的事情，Thi一定要提醒他，明白嗎？你必須要引領他。』

　「知道了。而且他其實也沒有那麼糟。」

　『Thi……』『都要去念碩士了，卻還交了個會在大庭廣眾下跳舞的小男友。』媽媽的聲音穿插進通話中，這讓我的笑容瞬間凝固，爸一看到我滿臉尷尬，就又遞了一個微笑給我。唉，媽媽這邊，大概還需要一點時間吧。

　『這個、等一下爸爸會幫你處理。』

　「好的，爸，謝謝您理解我。」

　總之，我今天成功解決了另一件事情，終於能放下心了，這讓我想打電話給Noey，親口跟他說，我爸媽現在沒事了，讓他可以停止焦慮，一起安下心來。我轉頭看了看時鐘，現在時間還不算太晚，還是要直接前往Noey家呢？這樣可以一起告知Noey的母親，讓Tim姨也能安心。

　自從那天事件發生之後，我就沒有再跟Tim姨說過話了。不知道那天發生的事情，會不會讓Tim姨不開心或是對我爸媽有所不滿。

　一想到這，我就起身下樓去買了些東西，準備為自己的父母、去向Tim姨道歉，這樣才好親自到人家家裡聊聊。我乘著計程車，花了一些時間移動，過了一陣子後才到達他們母子倆的家門前。

　　還來不及按下電鈴，就突然聽見屋內傳來了大吵大鬧的聲響，甚至還有物品破掉的聲音。

　　我瞪大眼睛，非常擔心裡頭是不是發生了什麼事，但還沒來得及做出什麼行動，前門就突然被打開，從裡頭露出了一道的身影。有個四十多、近五十歲的男人站到了我的面前，他來回張望，眼神沒有聚焦在任何事物上、飄忽不定，奇怪的味道從對方身上飄了過來。

　　我慢慢退開，與他拉開距離，但對方似乎是注意到我了，他不發一語、飛快地朝我走近，這時我發現他一隻手正握著刀子，這令我倒抽了一口涼氣。

　　他是誰啊？這位大叔是誰?!

　　「大……大叔！等一下！」當那位大叔衝過來時，我極度地驚嚇，嚇到都不小心鬆手、讓提在手上的東西摔到地上了。

　　我迅速後退，想躲開那把刀。嚇死人了，這個大叔真的好可怕，我這輩子還沒有看過這麼可怕的人。

　　「Thi哥！這該死的混蛋！」

　　「Noey！」我大喊著身在屋內的人的名字，Noey趕緊衝了出來，Tim姨和Noey的朋友跟在後方，神色都表露著明顯的驚慌。

　　衝突的聲響慢慢大了起來，讓住在附近的鄰居都不禁跑出來查看。我還在閃躲著那個大叔，搞不清楚他是不是只是

喝醉了，還是有攝取其他的物質，但不幸的是，他的動作竟然比我快了一步，大叔扯住我的衣領，把我拉了過去。我好害怕，非常非常地害怕，尤其是看到大叔現在的模樣，我更是怕到不行。他握著的刀子正抵在我的肚子上，我全身都在顫抖，不知道他會不會就這樣把刀子捅進我的肚子裡，我已經不敢去看對方現在究竟是顯露著怎麼樣的神情了。

「可惡，快放開他！」

「Noey！你別這樣！」

「他要捅 Thi 哥了，這王八蛋！」

我看了想要衝過來救我的 Noey 一眼，他的朋友們幫忙拉住了他，而我也認為這樣做會比較好，不然大叔肯定會更加失控，直接拿刀捅我。我不知道這個人到底是誰，為什麼他會從 Noey 的家裡出來，還想要拿刀傷害我，我根本就沒有對他做任何事情。

「大……大叔，先冷靜……先……先冷靜一下。」我試著對他說些話。

我能猜到，先不論是因為酒精、毒品還是其他東西，但這位大叔的狀態肯定不太正常，看來我必須調適好心態、奮力一搏了，刀子還正抵在肚子上呢。我怕死了，怕到差點腿軟倒下去，我這輩子還沒有遇過這麼重大、死亡風險這麼高的事件。

現在周遭到處都是街坊鄰居，還有 Noey 的朋友們，沒多

久後警察也到場了，所有人的視線都放在我跟這位大叔身上。

「死Chai，你不准傷害他，這些事跟他沒有關係！」Tim姨大吼的聲音插了進來，但他看來是什麼也聽不進去了。

「大……大叔、大叔！」

對方沉默不語，飄忽的眼睛慢慢地移動了回來，他盯著我看，就在此刻，抓著衣服的力道漸漸鬆開了，我鬆了口氣，他應該開始冷靜下來了吧。

我杵著不動，注意著大叔，見他慢慢退開。

「嘿！抓住他！」

「等一下！等等！」

還來不及等大叔放下刀子，突然之間就有人大喊出聲，一群人便衝上來想要將人抓住。那一刻，大叔又再次失去了控制，他被嚇得忍不住揮刀，而我閃避不及，手臂附近被劃了一道傷口。男生們趕緊衝過來架住大叔，旋即將他按倒在地。

「Thi哥！」Noey的聲音響起，沒幾秒後，他就站到了我的身旁。

Noey的神情既是驚惶又是害怕，還有顯而易見的擔心。我握緊自己的手臂，不清楚傷口有多深。我被嚇得說不出話來，現在還依然處於驚嚇之中，這起事件讓我的魂都飛了，從沒有想過會遇到這種事情。大叔還持續地大吼大叫著，附近的居民跟警察都一起去幫忙壓制住那名大叔了。

「哥！哥！Noey 在這裡！Thi 哥，Noey 在這裡！」

「Noey……」

「Noey 在這裡。」Noey 立刻把我摟住，摩娑著我的背，就像在撫慰著彼此一般。

我是多麼得幸運，距離刀子如此得近，卻只有受這一點點傷，沒被捅肚子已經是萬幸了。Noey 全身都在顫抖，而我也不例外。我深吸了一口氣、冷靜下來，並回應似地舉起手撫摸著他的手臂。Noey 似乎也跟我一樣害怕，他的視線不斷在我手臂上的傷口和臉龐之間交錯著，看起來非常驚慌。

「Noey，我沒事。」

「小 Thi！你有沒有傷得很嚴重？」Tim 姨連忙走過來查看我的狀況。

「Tim 姨，我沒事。」

「媽！趕快帶 Thi 哥去醫院，快點快點！」

我低頭看向自己的手，不禁也被嚇到了，因為我的袖子上滿滿得都是血，手臂也在不知不覺中開始麻木了。在這之後，我就被母子倆帶去距離這裡最近的一家醫院了。

在這次的事件中，我得到了一個被刀劃傷的傷口，幸好沒有傷得很深，但是傷口還滿長的。我靜靜地坐著等待醫生將傷口處理好，才走出去診間外，Noey 看到我出來，馬上向我走來。

「怎麼樣？會痛嗎？傷口很大嗎？」

「冷靜點，Noey！不是很嚴重，傷口並不深。」

「那個混蛋！可惡、媽的！」

「Noey，你先冷靜下來。」

「那種人，像他那種人，為什麼還能活在這個世界上？可惡！」Noey 憤怒得不得了，連我也不敢輕易接近他。他重重地嘆了口氣，一個人走去一旁平復心情。應該也得跟 Tim 姨報告一聲——我才這麼一想到，對方就先走了過來、抓住我的手臂。

「小 Thi，先隨 Noey 去吧，他現在正在氣頭上。」

「可是……」

「相信阿姨，他等一下就會自己冷靜下來了。」我聽進 Tim 姨的話語，轉回去再度望了望那個男孩。Noey 正在消化著情緒，我知道他是個易怒的人，他應該是在用這個方式處理自己的感受吧。

Tim 姨拉著我的手臂，將我帶到不遠處的塑膠椅上坐下。

「Tim 姨，妳能告訴我那個男人是誰嗎？」我決定開口詢問。

「他叫 Chai，是我的丈夫。」得知這樣的事實，讓我不禁瞪大了眼睛。那個人該不會是 Noey 的爸爸吧？

「他並不是 Noey 的爸爸，是我再婚的老公。Noey 的爸爸已經去世很久了。」Tim 姨似乎也知道我會怎麼猜測，於是出聲解釋。我聽了便伸手握住 Tim 姨的手——這種事情，應該

不會有人樂意發生的。

「Noey 從很久以前開始就不怎麼喜歡 Chai 了，我跟他也分開很久了。他來過家裡好幾次，有時是來搶劫、也有來恐嚇要錢過。我今天也嚇到了，他嗑了藥之後闖進我們家裡，還好 Noey 剛好在家，不然阿姨就慘了。」

我仔細傾聽著 Tim 姨的敘述，總之就是那位大叔闖進了 Noey 的家中，而我抵達的時候，他剛好就被趕出來了對吧？我也真夠衰的，要是再晚一點到，應該就不會遇上這件事了。

「會痛嗎，孩子？」

「不會，一點小傷而已。」

「Noey 他簡直快被嚇死了，你知道嗎？」Tim 姨含笑地說道，我稍稍點了點頭，Noey 的驚嚇程度應該不亞於我。

「他都只顧著保護別人，保護媽媽、保護朋友，但卻沒有人時時保護著他。」

「……」

「Thi，阿姨把他託付給你，可以嗎？」Tim 姨反過來握住我的手、望著我，同時開口請求。

我也輕輕地捏住對方的手，想要給予她信心，「可以的，謝謝 Tim 姨信任我。」

我保證不會讓那孩子受傷，也不會讓他在努力給了我這麼多之後，還為此感到傷心。

　　就算能做到的事情不多⋯⋯但哥會這樣一直陪在你身邊的，Noey。

　　「Noey？」

　　「⋯⋯」

　　我喊著對方的名字，慢慢打開房門、進到房內。

　　就在剛才，我從醫院回來了，Noey從回程的路上開始就一直沉默著，不和任何人說話。下車後、一回到他的家中，他就躲回了自己的房間。我原本也打算要回宿舍了，但還是有些擔心他，於是決定上樓看看。

　　我走向坐在床角的他，他仍舊低頭盯著自己的手，毫不給予回應。我在他面前蹲了下來，緩緩伸出手、握住Noey那雙顫抖不已的手。

　　「Noey，看著我。」

　　「⋯⋯」Noey聽到後，照著我的話慢慢將臉抬了起來。

　　「我他媽的⋯⋯一點辦法也沒有。」

　　「⋯⋯」

　　「要是我走了，我媽也活不下去了。」

　　「走去哪？」

　　Noey沒有回答，他深深吸了一口氣，然後把手抽了回來。

「Noey，你要去哪？」

「我不能丟下我媽，但我也沒辦法放你走。」

「其實……我今天有好消息要跟你說。」我決定要把今天碰到的好事說出來讓 Noey 知道，說不定他會因此好受一些。

「我爸媽……他們願意接受你了，知道嗎？你很厲害喲，看到了嗎？我說過你做得到的。」我開口稱讚 Noey，再一次把他的手拉回來握住。Noey 低頭看著我的動作，接著悄悄地將視線移向我的傷口，我試圖轉身閃躲，但還是逃不開 Noey 的目光。

「Thi 哥。」

「怎麼了？」

「我已經變得夠好了嗎？」Noey 用疲憊的語氣問著，讓我忍不住上前緊緊抱住他，摩娑著他的背，祈禱所有壞事都能離開 Noey 的身邊。

「很好，已經夠好了。」

「……」

「才多大年紀就得面對這些事情，你已經很棒了，Noey。」

Noey 緩緩回抱住我，擁抱力道愈來愈大，儘管我漸漸地感覺到有些不舒服，但還是願意讓 Noey 這樣抱著。不一會兒後，Noey 的房門被打開了，他的母親就站在門外。讓 Tim 姨看到這個姿勢下的我跟 Noey，我感到有些不好意思。

「Noey，死Chai被抓走了，他會坐牢坐很久的。」

「……」

「媽很安全，不用擔心我。」

「媽！」

「你想做什麼，就照你想的去做吧！」

「……」

「街坊鄰居也能幫上我很多忙，少了像你這樣過動的傢伙，你媽也不會感到寂寞的。」

Tim姨一說完，只是對著我跟Noey淡淡一笑，就從房間裡出去了，只剩下我跟Noey兩人。不過，即便Tim姨離開了，那個要出國還是不出國的問題，卻仍然縈繞在我的腦海中，於是我慢慢退了開來，看向Noey的臉。

「Noey，你打算做些什麼？」我緊盯著他，Noey見狀便嘆了口氣。他拉過我的一隻手、輕輕握住，那雙眼睛選擇避開我的目光，只是盯著他握著我的那隻手。

「抱歉了Thi哥……Noey不能丟下媽媽。」

「我明白的，我知道你很愛你媽媽。」

「該死的……明明都想好了。」

「想好什麼？」

「我打算偷偷跟著你。」

「偷偷跟著我？」聽到從Noey的口中冒出的這句話，我揚起了眉毛，他終於願意將視線移向我了。Noey盯著我的

臉，凝視了近一分鐘，一句話也沒有說，但淺淺的笑容漸漸地顯露在他的臉上。

「Thi 哥，不可以忘記我喔。」

「說這什麼話。」

「可以親你嗎？」

Noey 突然這樣開口請求，讓我嚇了一跳，旋即抿住自己的嘴唇。

不知道啦，我還是覺得很害臊，經過那一次之後，我一想起來就還是覺得很害羞。Noey 依然凝望著我，時間長到讓我可以感覺到、自己的臉正慢慢地燒了起來，愈是看我不知所措，Noey 的心情似乎就變得愈好。

「一……一次。」

「什麼？」

「讓你……親一次。」

「好小氣喔。」

「到底要不要？」

「要！」

「唔！」

剎那間，對方將我拉了過去，唇瓣接著重重地壓了上來，我頓時全身僵直。Noey 斜過下巴、將距離拉得更近，我緊緊地閉上眼睛，兩人溫熱的呼吸就這樣碰在了一起。我漸漸鬆開原本緊抓著對方衣服的手，讓年紀較輕的人掌控一

切。今天就讓Noey隨心所欲一次，看在他做得不錯的分上，必須給他一點獎勵才行。

　　不過，這次的吻似乎讓他得了便宜，儘管我告訴他只有一次，但Noey卻把這次用得淋漓盡致。他既是磨蹭，又是吸吮，讓我的嘴唇變得又疼又麻的，我輕輕捶了Noey幾下，想讓他放手，但他看起來卻是一點也不在乎。

　　「啊！」

　　霎時之間，我整個人就被Noey抬了起來、坐在他的身上，他甚至連一瞬間都沒有將我放開，就完成這些動作了。我嚇到不小心鬆開了脣，Noey便再次讓我羞得想鑽進土裡。他用一隻手固定住我的後腦勺，鎖定著不讓我逃開，舌尖的攻勢讓我有些意識模糊，開始有些不經意地配合著對方親吻的節奏，很好地喚出了年紀較輕的人的輕笑聲。

　　我們吻了很久，Noey才終於慢慢退開。他依然以一個非常近的距離凝視著我的眼睛，炙熱的氣息吹灑在我的臉上，就好像被熨斗燙過了一樣。我的嘴唇微微顫抖著，Noey伸出舌頭舔了舔自己的嘴唇，藉此收集附著在上頭的晶滴。他靠了過來，然後又一次輕輕地咬了我的下唇。

　　「No……Noey。」

　　「不要這個臉嘛。」

　　「夠了啦……」

　　「哥，你好性感。」

「夠了！」

「啊……」

我推開他的身體，想要從 Noey 的腿上下去，就突然聽見奇怪的聲音從 Noey 的口中冒了出來。我立刻回頭，見他一臉驚慌，銳利的雙眼瞪得老大。

「怎……怎麼了？」

「哥……慘了。」

「什麼慘了？」

Noey 沒有馬上回答我，他嚥著口水，接著慢慢將視線往下移，我也跟著望了過去，兩人的視線聚焦在同一個點上。我看著那處產生的異狀，倒抽了一口涼氣。

完……完了，完蛋了！

「它因為你站起來了，哥，這次要怎麼讓它消下去？」

「！」

「唉，哥，我的大腦要我停下來，但我的心叫我那個。」

❤ 第三十下　命中注定之路

他……他是要『那個』什麼啦！

我頓時驚呼出聲，Noey的嘴角一抽，那抹詭異的笑容讓我想要立刻逃離這裡，但那傢伙是不會輕易讓我那麼做的。他的雙臂摟住了我的腰、將我再次拉了過去，我試圖扭動身體掙脫，但愈是掙扎，似乎就愈是刺激著Noey。

我要哭了，Tim姨在哪裡？快來幫幫我！

「Noey，放開我，不要再玩了。」

「誰說我在玩？」

「Noey！」

「Jamnien，別扭了，那對我來說是天搖地動，你懂嗎？」

Noey那番話讓我變得更加不知所措，我很想要掙脫，但感覺自己不小心碰觸到的那個地方變得愈來愈硬了，我擔心會發生更進一步的事情，只好先停下動作。該死，為什麼我跟Noey必須面對這種狀況啦！

「哥，再親一下。」

「Noey，夠了！放開我，等一下你媽上來看到會出事的。」

「我媽才不會上來。」

「Noey，聽話！」

「再親一下，拜託。」

「我說了，只有一次。」

「拜託，我等等就放開，親一下之後就不欺負你了。」Noey說著，臉上還帶著乞求的神情，他的眼睛一眨一眨的，看起來更是可惡了。

我從沒見過他這副模樣，以前他就只會讓我感到害怕，對比現在，居然學會裝乖了，還裝到幾乎讓我反抗不了。我沒有做出任何動作，而Noey依然努力央求著要再接吻一次。

最後，我終究還是心軟了。Noey一看到我輕輕地點了點頭，便馬上撲了過來。這次，Noey不只有親吻而已，他出力將我推倒在床上，自己也換了個姿勢，他的身體撐在我的上方、俯視著我，我頓時瞪大了眼睛，Noey炙熱的嘴唇也壓了下來。我忍不住動手推他，Noey就抓著我的手臂往兩側固定住，隱約的疼痛讓我不禁皺起了臉。

「嗚！」Noey對著我的嘴唇又親又咬，我猜它現在應該已經腫得發紅了。遭到一個孩子如此猛攻，讓我幾乎呼吸不過來，我不懂一介高中生為什麼會有這麼多花招，我明明大了他好幾歲，卻不知所措，只能躺在他身下掙扎。

「呃……」Noey欺下身來時，我被嚇了一跳。

他壓下身軀，我感覺到有某樣東西撞在了我的腹部上，我瞪大眼睛，試圖想要掙脫，但Noey接下來卻做了令我意想

不到的事情——他的身體慢慢下移，刻意用下身來擠壓我，彷彿是在惡整我一般。

　　Noey的嘴唇仍舊沒有退開，他還試著再次把舌頭探進來，但我這次沒有輕易妥協，於是Noey將攻略目標轉換成了我的下半身。

　　我發不出聲音，因為Noey堵住了我的嘴巴，陌生觸感讓我的神智都渙散掉了。Noey見我開始變得有些恍惚，就更變本加厲地欺負我，他移動著身子來回磨蹭著，當感覺到身體內部有某種異樣的感覺升起時，我緊緊地閉上了眼睛。

　　「該死的……哥。」

　　「啊……Noey……不要欺負我。」

　　「你也站起來了耶。」

　　少年Dang Bireley稍微退開了一些，結實的雙臂仍撐在我的身側，他的那抹壞笑讓我看著看著都想要哭出來了。Noey注視著我，他的眼神讓我有些忐忑不安，正想要翻身躲開，Noey就用一隻手壓住了我的肩膀，讓我回復成原本仰躺的姿勢。

　　我整張臉都快燒起來了，立刻舉起雙手推開Noey。

　　「Noey，不要再欺負我了。」

　　「你要去哪？」

　　「我……我要回去了。夠了，我要回去了！」

　　「你要怎麼回去？你整個人都縮成一團了。」

「你！」

「哥。」

「……」

「接不接性教育的家教啊？」

「Noey！我不玩了！」我旋即對著他嚷道，Noey 見狀就輕聲地笑了。我朝他的房門瞥了一眼，非常害怕現在的樣子會被 Tim 姨看到，Noey 似乎也明白我的擔憂，於是他輕輕地推開我，走過去替我帶上門鎖。我趁著這個空檔趕緊從床上爬了起來，立刻逃開 Noey，移動到房裡的一角站好。他歪著頭、揚起眉毛，並輕笑出聲。

不安全了，現在跟 Noey 待在一起不安全了！

「哥是想要玩鬼抓人？」

「Noey，夠了喔！我叫你不要再玩了！」

「好凶喔，又凶我。Saowanee 真會威脅人。」

「Noey！」見對方朝我的方向走來，我就又一次對著他大叫。

現在要逃去哪都逃不成了，Noey 已經很靠近牆角了，唯一能逃出生天的方法就是打開窗戶、跳下去，但這顯然不是什麼好主意。Noey 已經來到我的身邊了，他抓著我的胳膊、將我拉了過去。才剛打算稍微出力反抗，Noey 就伸手捏住了我的臀瓣，害我嚇得瞪大了眼睛，我捶打了他幾下，以為這足以讓 Noey 感到疼痛，但他似乎一點感覺也沒有，還是繼續

玩弄著我的臀部。

　　Noey！天啊！Thi，不該上來房間找他的，你不該來的！

　　「哇，好軟。」

　　「不要這樣騷擾我……」

　　「哪有騷擾，為什麼要用這個字眼，好像我是個壞人一樣。」

　　我抓著他的手，把它從背後拉開，但Noey仍然試圖向我發出攻勢。他炙熱的呼吸再次灑在了我的臉上，我立刻將臉轉開，沒想到暴露出來的耳朵就這樣成為了Noey的新目標，濕漉漉的觸感讓我能明白Noey正在對它做些什麼。

　　「別……別這樣。」

　　「Noey幫你。」

　　「不……不用。Noey！快點住手！」

　　「Noey幫你。」

　　不需要你來幫我啦，Noey！立刻給我走開！

　　嗚，我現在滿腦子都是坐牢兩個字了啦！

　　「No……Noey，住手……啊！」

　　「Noey幫你。」他在我耳邊重複著同樣的話語，低沉的嗓音讓我開始覺得有些燥熱。

　　Noey的嘴唇繼續戲弄著我的耳朵，手卻往下揪住了我的褲頭，Noey四處遊走的愛撫讓我的理智完全消散了，他的

指尖總是刻意地掠過某些重點部位，像是在戲耍著我一般。被撫摸的時間一長，身上的力氣也漸漸減少，抵抗慢慢消失了，我能做的，就只有站在原地大口地喘氣而已。

「Noey……住手……不能做。」

「為什麼？」

「就跟你說不能做了……」

「你真的怕被指控誘拐未成年喔？」

「呃……」

「如果被抓就跟警察說……是未成年人拐你的。」

「No……Noey……啊！」

Noey的聲音一落，我褲頭的釦子就被他解開了，拉鍊也被拉下，才沒幾秒鐘，深色的褲子就已經滑下去、落在腳踝邊了。我低頭看著正在欺負自己的Noey的手，我身上只剩下四角褲跟內衣而已，此時我整張臉都在發燙。Noey欺負我，欺負得太過分了。

我緊緊抿著嘴巴，發現自己又對Noey的動作起反應了，單薄的四角褲根本無法遮蓋住我此刻的強烈感受。

「小Thi哥。」

不要那樣叫啦！

「Noey……別。」

即便自己處於極大的劣勢，我仍出聲制止Noey，想要試圖阻止他。Noey沒有答腔，他握住我的腰，慢慢將我的身體

轉向，讓我背對著他。當看到自己正對著Noey衣櫃的鏡子之時，我睜大了眼睛。

畫面裡，有個未成年的壞蛋站在我的背後、貼在我的背上，Noey的手穿過腋下環抱著我，他的臉埋在我的頸窩，鏡子反映著他深邃的眼神，讓人感到全身炙熱，我全身上下都紅通通的，尤其是臉。

「你啊，真的超可愛的。」

「No……Noey！」

「Noey幫你。」

我伸手想拉開Noey的臂膀，卻被Noey搶先，他輕打了我的手一下，將我的手揮開。Noey把我身上僅剩的衣物一次扯掉，下半身變得毫無遮蔽，讓我閉緊了眼睛。

天啊！我的天啊！

不行了，我不行了，為什麼今天會發生這種事情啦！

「小粉粉，你好。」

「啊！不……不要……」

「真的是小粉粉呢。」

「Noey！」

我整個人都被Noey掌握在懷裡，他一隻手抓住我的下身來回摩挲，我全身的力氣彷彿都被吸走了，只能雙腳顫抖地站在原地，任由Noey照著自己的喜好玩弄著我，耳邊響起的輕笑讓人感覺既害臊又羞恥，讓我想要遮著臉逃避這一切。

我想要伸手過去，把Noey的手拉開，他就立刻揮開我的手，並漸漸加快手上的速度。

「Noey！不要！」

我緩緩睜開眼睛，看見Noey正握著我的分身，那畫面清晰到讓人不住地感到羞恥，想要乾脆鑽到地裡逃走算了。打從出生以來，就算自己有過欲望，我也從來沒有做過這種事情，我是個對這些事情完全不熟悉的孩子，一直以來都很認真在讀書，就算知道些許這方面的知識，也僅流於表面，直到今天，遇上這小子來教我實踐，我一樣還是不太擅長。

「Thi哥，沒有做過嗎？」

「嗯。」

「我問你有沒有做過？」

「沒……沒有。」

「真的假的？你說的是真的嗎？」

「呃……」

「我來教你。同學，要認真聽老師說喔。」

去死啦，Noey！我快要受不了了，為什麼今天要玩這麼大啦？

「看到這個了嗎？如果你搓它……」

「啊！Noey……Noey、不……」

「慢慢地搓它。」

我的雙腳都在顫抖，幾乎要站不穩了。Noey在我耳邊輕

聲呢喃，他一隻手調戲著我，另一隻則鎖住腰際，不讓我滑倒至地面。我舉起一隻手，因為害怕聲音會洩漏而摀住了自己的嘴巴，我大口大口地喘氣、喘到全身都在發疼，鼻腔裡滿是熱氣。一睜眼看到鏡子裡的自己，就更是害臊，我全身紅通通的，Noey依舊繼續欺負著我，又是搓揉，又是施力按壓，他手上的動作讓我完全失去了理智。

「如果動得快一點，就會這樣。」

「呃、呃！」我扭動著，努力想掙開Noey的懷抱，但我愈是掙扎，Noey就更是用力地將我固定住。我不看不聽，所有的感官都被聚焦在一個點上，Noey手裡的速度逐漸加快，我沉浸在那樣的碰觸之中，不自覺就隨著節奏擺動起臀部，雙腳顫抖到令人心驚，要是Noey現在鬆手，我肯定會滑坐到地上去的。

「No⋯⋯Noey，嗚⋯⋯Noey！」我抓著Noey的手臂，力道隨著漸漸衝高的情欲收得愈來愈緊。Noey沒有理會我的呼喚，他的手持續動著，直到抵達某個高峰，我感覺到自己的腦海有一小段時間、似乎只有一片空白，屁股為了逃開前方的套弄而撞上後方某個東西，我只好閉緊雙眼，全身僵硬著。

我的呼吸失去了規律，沒幾秒後，自己身上的抽搐強烈到令人害怕會出事，眼淚也止不住地流了下來。

「唔！」

「冷靜下來……噓……」

我緊緊摀著自己的嘴巴，已經沒有多餘的意識可以再接收任何東西了，那一刻我完全不記得發生了什麼事，自己彷彿迷失在某個地方，喘息聲響遍了整個房間，我過了好久才回過神來，甚至沒有察覺到我和Noey是何時跌坐到地板上的。我眨了幾下眼睛，以便將淚水驅趕出去，視線一變得清晰，我就倒抽了一口涼氣──白色的濁液沾汙著我的腿根，Noey的手上也有，但沾到最多的地方、是眼前的鏡面。我的臉上頓時燒了起來。

要……要死了，該死的，Noey！

「Thi哥，慢慢呼吸。」他仍然在身旁安撫著我，一手移動到還在顫抖的腳上撫摸著。

「會不會心臟病發啊……」

「Noey，現在立刻放開我。」我開口警告他，但就連下令的聲音也都還在顫抖著。

「你呼吸困難喔？」

「別說……」

「你、你今天、噢！」

「叫你別說了。」

「這下子，我不想等到成年了啦！你什麼時候才要對我出手？我這個小朋友想要被誘拐啊，哥。」

唉，Noey弟弟啊，你這麼說是想從哥身上得到什麼？是

想要哥回答什麼啦？

　　Thi，記住，下次不要再上來Noey的房間了，絕對不准再上來了！

　「睡著了？」

　「……」

　「喂！」

　「……」

　「我今天很認真耶！你讓我全身到處都在痠痛啊哥。」

　「……」

　「手都痠了。」

　「……」

　「但他媽的……太值得了，我的小粉粉！還沒那個也沒關係，我可以等、我可以等！」

　　我和Noey的關係持續地發展著。一升上大四、大學的最後一年，事情變多、課業加重也是常態，但對我來說，最辛苦的是必須東奔西跑，不太能像以前那樣，可以把時間都花

在學校上了。就像今天,我才剛跟另外兩、三個同學一起去聽完學術研討會。好累喔,今天真是累死了。

「唉!」

好不容易能放鬆休息的時候,已經是晚上八點了,我回到飯店就立刻撲倒在床上,還來不及閉上眼睛,就突然感覺到手機似乎在震動。我將它撈了出來,發現到來電的對象是誰之後,煩躁的情緒就消散了一點。

「喂?」

『你今天還好嗎?』

「好累。」

『很累喔?』

「嗯,想回家了。」

我嘆著氣,把頭靠到了床上,就這樣躺臥著跟 Noey 聊天。

從他開口告白、開始交往的那天算起,也過了快一年了。我感覺到 Noey 從第一次見面以來,已經長大很多了,他成長為一名普通的高中生、一個會念書的孩子了,花火寺的流氓老大外殼已經完全褪去,又長大一歲了。

『你在撒嬌嗎?』

「沒有撒嬌!」

『這就是撒嬌。』算了,隨便 Noey 你怎麼想。

『我今天也好累,課好多,上到都快吐了。』

「你也會認真上課喔？」

『不准瞧不起我喔，Wanlapa。』

「你不是小混混嗎？」

『欸！小混混又怎樣？不能認真上課嗎？不准瞧不起我喔，你這傢伙！』

「真的喔？」

『對啊。』

「真的是小朋友耶，Noey弟弟。」Noey的不服輸讓我啞然失笑。

『小朋友又怎樣？能讓你腿軟就好啊，你那個時候腳一抖一抖的，不是嗎？嗯？』

「No……Noey！」

天啊，該死，Noey到底要到什麼時候才會忘記那些事情？這小子是怎樣啦？如果他人就在旁邊，我一定會出手打他。

『下次有機會的話，我下手的時候會記得要輕一點，我發誓。看你那個樣子，都怕你會心臟病發了。』

「Noey，不要再說了！」

『你就算老了，肯定還是會一樣性感的吧？』

「……」我抿著嘴，沉默一語。我羞恥得不得了，即便那天的事情已經過去好一陣子了，我還是覺得很害臊、不知所措。一聽到Noey拿這件事出來講，我便舉起一隻手、摀

住自己的臉，整張臉燙得讓我想掛掉Noey的電話、去冷靜一下。

『欸。』

「……」

『哥。』

「……」

『你在生我的氣喔？Thi哥生氣了嗎？』

「……」

『唉，Thi哥，對不起。』

「嗯。」我見Noey似乎產生了一些誤會，就冷靜下來回答道，「我沒有生氣，但……別再說這件事了好嗎？」

『為什麼啊？』

因為很害羞啊，這個臭小子！

「夠了，今天先聊到這裡，我要掛電話了。」

『等等、等一下！』

「什麼事？」

『你還剩下幾個月？』

「你指的是？」

『你離畢業還有幾個月？你再過幾個月就會出國？』

「不知道耶，應該還要很久吧。」

『Thi哥。』

「說吧。」

『可以等我長大嗎？』

「……」

『等等我。』

「喔。」

『不要急著去找別人，等我一下，不用幾年的。』

「嗯，知道了……你趕快長大啦。」

『喔，我真的想那個想到快死掉了。』

嗶！

掛電話！不講了！夠了！停！

♥ 第三十一下　譜下一生

好累……

累到不想再做任何事情了。

我把頭靠到面前打開的書本上，就這樣閉上眼睛、好好休息了一下。近期我正在準備月底的英語能力測驗，如果想出國留學，就必須參加這項考試。說真的，如果能再給我多一點時間，我的負擔也許就不會那麼重了，只不過最近的生活實在是一片混亂，還得照著教授的意見修改論文，那裡少了點東西、這裡寫得不齊全，累死人了。我灰心喪志到想拋下這一切，消失到某個地方去，想要一整天只做呼吸跟坐著放空這兩件事。壓力真的太大了，有好幾天我幾乎是睡不著的，好不容易睡下的時候都已經約莫凌晨三、四點了，有時甚至是到了五點才睡著。這段時間裡，我身心俱疲，非常希望能回到大一時的自己。

我想我已經快要接近「倦怠」這個詞了，不管是什麼事物，我都覺得很無趣，提不起興致去做，任何以前覺得很棒的事情，現在都想先撒手不管。

我繼續把頭擱在桌子上，睡了有十分鐘之久，直到感覺到身旁的手機在震動著，我才慢慢坐起身。來電的人是

Noey，該怎麼辦才好？我現在還不想和他講話，害怕會顯露出自己的疲態，也不想讓他知道我正處於多麼心灰意冷的狀態。

　　我必須先將那些疲憊收拾好、通通藏起來之後，再接起對方的電話。

　　「怎麼了？今天是考試的最後一天了，對吧？」我用自認最正常的語氣詢問道。

　　『嗯，下來一下，我想見你，今天一整天都沒有說到話。』

　　慘了……

　　「你在樓下喔……」

　　『對，下來一下。』

　　我輕嘆了一口氣，蓋上筆電的螢幕，起身去穿上鞋子，並走下樓來。在走路的過程中，Noey 說著他今天寫考題的事情，聽到他這樣的語氣，我竟然有些羨慕了，真的是個活得很開心的孩子呢。

　　我來到宿舍門口，得將表情調整回平常的樣子才行，我收起疲憊，朝站在酷炫摩托車旁的 Noey 走去。他的頭髮留回到原本的長度了，那顆龐畢度頭再度出現，雖然還是搭著同一件牛仔夾克，但裡頭卻是穿著整齊的學生制服，應該是今天有考試之故。但我還是覺得很奇怪，都這個時間了，他為什麼還沒有把衣服換掉呢？

「吃過了嗎？要不要去找點東西吃？」他轉頭看了我一眼，並開口邀約。我搖了搖頭，事情還沒做完，書也還沒念到應有的進度。

「我很忙，今天應該不行。」

「哥。」

「嗯？」

「你的眼睛為什麼是腫的？」

「呃……」

被Noey這麼一說，我便伸手揉了揉它、試圖掩飾。於是Noey立即靠了過來，一隻手臂被Noey拉過去仔細觀察。一察覺到我身體的異樣，他頓時皺起了眉頭，大手沿著我的手臂內側長出的紅色疹子撫過，我抿著嘴，試圖想把手臂抽回來，但Noey卻不肯放開。

「你這是怎麼了？長疹子了？不是吧？」

「我……被蚊子咬而已。」

「被蚊子咬才不是這樣！你啊，怎麼回事？連這隻手臂也有，天啊。」他將另一隻胳膊也抓過去查看，眉頭皺得都打結了。

我緊緊抿著唇，自己也不知道這是怎麼回事，但好像已經長了好一陣子了，雖然偶爾會感覺到搔癢，但我還是選擇一直放著不管，因為不覺得這有多嚴重，過一陣子應該就會自己復原了吧。

「我們去看醫生，過來。」

「Noey，我沒事啦。」

「你這人……聽話，你的手臂都這個樣子了。」

「之後就會好了。」

「哥，我很擔心你！就這件事情，可以請你不要反抗我嗎？」

「……」

「我是你的男朋友，你不讓我擔心，是要我去擔心哪來的野女人嗎？」Noey用這樣的語氣說著，讓我還是不禁心軟了。

我輕輕地點了點頭，乖乖地跟在Noey後頭、坐上摩托車後座。Noey拿出唯一一頂安全帽給我戴上，我想阻止他，但我真的太疲累了，累到無法掙扎，便只能妥協了。Noey乘著摩托車，帶著我去到附近最近的一家醫院，路途中，我環抱住他的腰，把臉埋在他的牛仔夾克裡。

Noey真的很特別，光是這樣從背後擁著他，就感覺好像得到了力量。

「你的免疫系統都出問題了，唉。」

「……」

「哥，都這樣子了，為什麼還不去看醫生？」

我坐下來靜靜地聽Noey說話。Noey帶我看完醫生之

後，我做了身體檢查，才知道身上的疹子並不是一般的紅疹，而是睡眠不足引起的症狀。因為沒有按時吃飯，所以我還營養不良、體力虛弱，再加上壓力過大，連醫生都為我感到擔憂了。醫師在為我診斷的時候，我想要隱藏的祕密都露餡了，在一旁陪伴我看診的 Noey 當然也知道了所有的事情。

「我……我也不知道為什麼會變成這樣。」

「你啊，多照顧自己一點，我很擔心耶。」

「嗯。」

「哥，你最近睡得很少嗎？壓力很大嗎？」他蹲下來，拉過我的手並握住。Noey 抬起眼來看著我，擔憂的眼神藏也藏不住。見到他這副模樣，我也有些難過，因為我讓 Noey 擔心了。

於是我緩緩露出了微笑，摸了摸他的頭，「我沒事，很快就會好了，你都帶我來看醫生了呀。」

「少來，你今天就先回去睡一覺吧。」

聽見 Noey 這樣要求，我輕輕地笑了。

「如果你今天不睡覺，我就打你打到腫起來喔，哥。」

「你怎麼會知道我有沒有睡覺？」

「因為我會盯著你。」

「啊？」

「走，一起回房間。」

「等……等一下，Noey！」我有點震驚，Noey 說得像是

他今天會運用什麼手段逼我入睡一樣。

　　Noey帶著我回到宿舍，一開始還以為他只是要送我回來，之後就會自己回家去了，但事情並非如此。他說要盯著我的意思是，他要在這裡過夜、在我的房間裡看著我啦！

　　該死，Noey也太固執了吧。

　　但，我怎麼有辦法違抗他呢？Noey在固執己見、想要硬來的時候，他是什麼都不會在乎的。Noey已經打電話通知自己的母親，說他要睡在我這裡，盯著我睡覺了。

　　Noey拉著我的手臂進到房間內，一關上門，他就立刻推著我的後背走向床鋪。

　　「Noey，等一下啦！」

　　「去睡了，睡覺！」

　　「Noey！」

　　「哥，你這是怎麼了？」Noey叉著腰、環顧了房間一圈，他見房內一片混亂，頓時皺起了眉頭。我不太有空閒可以收拾，通常一回到宿舍就會直接倒在床上昏睡，一醒來就是來到桌邊坐著看書。除了書本和講義以外，還有各式各樣成堆的文件散落在各處。

　　Noey抓著我的雙肩，壓著我在床上坐了下來，見我還想要起身，便指著我的臉威脅了幾句。

　　「哥，你發燒了。」

　　「哪有發燒。」

「醫生有幫你打針了，很快就會好了。」

「嗯。」我聽著Noey的話、點了點頭。他在我的身邊坐下，伸手測量我的體溫。他緊張的表情讓我覺得有點可愛，應該是真的很為我擔心吧。我看著Noey，慢慢將臉埋到了對方的身上，Noey見狀便沉默下來。

我真的好累，撐不住了。

「哥？」

「讓我靠一下就好。」

「想要靠久一點也沒關係喔。」他回答道。Noey擁抱著我，手掌摩娑著我的後背，我漸漸閉上了眼睛，把體重盡數釋放在他的懷中，即便如此，Noey也沒有任何怨言。

「哥是因為念書才沒什麼睡覺的，對吧？」

「嗯，還有論文。」

「不要再這樣了，知道嗎？」

「……」

「現在我還能時不時來照顧你，但如果你去了很遠的地方，我就不能跟過去抱抱你了。」Noey低聲說道，收緊了懷抱的力道。

「是不是壓力很大？」

「嗯。」

「別這樣，不要讓自己壓力太大。」

「我也不想要有壓力啊。」

「Noey在這裡。」

「……」

「Thi哥，Noey會在這裡。」

我終於露出了笑容，接著回抱著Noey。他在我的額上印了好幾個吻，彷彿是想讓我確認他真的就在這裡、真的會像這樣陪在我的身邊。此刻的Noey就像是個行動電源，只要抱著他、跟他在一起，就能感覺到自己體內的能量正在慢慢恢復，那些不好的感受好像被Noey慢慢排除掉了，就算它們沒有立刻消失，但是這種時候能有個人陪在自己身邊，我真的覺得很棒。

有人對我說過，我是Noey生命中的美好事物……但是，他在我的生命中也同樣是個美好的事物，這沒有什麼不同。

Noey，謝謝你，謝謝你陪在我的身邊。

「你很厲害，我都知道，我的男朋友最厲害了，但你不需要這樣、把事情都藏在心裡，知道嗎？」

「……」

「哥，有另一半的好處不是只有能一起去吃飯、看電影這些，有什麼事情就說出來啦。」

「好。」

「記得嗎？那時候，你曾說過要給我獎勵。」

「嗯？」我微微挑起眉，慢慢從Noey懷裡退開、盯著他的臉。他的手輕輕地撫上了我的臉頰，Noey此時的眼神讓我

幾乎連看都不敢看。

「你說，你會給我拿到高分的獎勵。」

「喔，那你要什麼呢？」我稍稍點了點頭，想起自己的確曾經說過這件事，但也已經過好久了，沒想到這小子還記得，可能是真的很想要得到獎勵吧！果然還只是小朋友。

「我想要的獎勵……」

「嗯，你想要什麼？說吧。」Noey 沒有立刻答覆，他緩緩把臉湊了過來、輕輕地吻住我，沒有侵略性、沒有太過火，只是傳達了一些溫暖。他只吻了幾秒就退開了，只是依然維持著很近的距離，讓我們能凝視著彼此的眼睛。我的心頓時怦怦直跳。

「我希望你快樂，」

「……」

「無病無痛，」

「……」

「永遠都是那個笑容燦爛的 Thi 哥。」

「……」

「想要的獎勵不多，Noey 只求這些了。」他帶著微笑說道。

我緊抿著嘴唇，瞬間感覺到眼眶一熱，讓我趕緊抬手揉開。Noey 張開了手，再一次將我拉入懷裡，這一次抱得比原本更緊，但卻完全沒有任何不舒服的感覺，我只想這樣靜靜

地一直待在他的懷裡，哪裡都不想去。

　　我開始回頭思考一些事情，其實，我所求的關係，可能不是那種華麗又浪漫、或是能讓我全身炙熱的關係，我想要的只有……和他在一起時的安心感，那種感覺像是我們可以信賴、依靠著某個人，像一棟可以驅散各種苦痛的小小房子，這種既平凡卻又特別的樣貌，我真的很喜歡。

　　一個小小年紀的孩子，怎麼會如此值得依靠呢？

　　「哥，說給Noey聽聽吧。」

　　「累……好累。」

　　「累了就休息，可以先靠著Noey。」

　　「事情太多了，我什麼都不想做了。」

　　「那就先不要做，先在Noey身上休息一下。」

　　「……」

　　「如果我做得到，我就會都替你做了。」

　　「很厲害嘛你。」

　　「對啊，是什麼可惡的事情讓我的Thi哥這麼累的？我幫你打跑它！」

　　「謝謝你。」

　　「你念書念得太累了，我不喜歡，我只想看到你在我們那個的時候累就好。」

　　「Noey！」

　　該死，這小子！他最近腦子裡怎麼都只裝著這些東西？

真的是很欠打！

　　但是，很難以置信的是……我終於能笑了，Noey真的讓我笑出來了。

　　謝謝你，Noey。謝謝你此時此刻願意陪在我身邊，真的很謝謝你。

　　「畢業了──！」

　　「Thira教授不能再整我了──！」

　　「林北畢業啦！」

　　在富滿愉悅的歡呼聲中，我站在一旁看著同學們粲然的模樣。對我們而言，今天是非常重要、也是許多人等待著的一天。這天，不僅是我們會感到興奮喜悅，還包含了我們身邊的所有人們。

　　我身穿學士服站在同學們的旁邊。今天就像是個把一切都帶走的日子，我畢業了，在這裡的四年間我學到了很多──識得人情世故、遭遇各種環境、結識至交好友，遇見了我這輩子未曾見識過的事情，大學教給我的事情比想像中的要多更多。

　　「你手上滿滿得都是東西耶，Thi哥哥。」

　　「Tong拿到的明明就更多。」

「當然，我可是名人耶。」看著自家好友挑著眉頭，我和Phach立刻互相交換了眼神，但也不能說什麼，因為Tong說的是事實，學弟妹跟其他學院的同學們都送來了許多東西，多到讓他應接不暇。

「Thi！」

我隨著呼喚聲轉過頭去，有個人從不遠處走了過來，手裡還拿著一個白色的娃娃。Phach和Tong立刻移動腳步、站到我的兩側。

「我是來恭喜你的，真的很為你感到高興。」

「非常感謝。」我從對方手中接下娃娃，作為回報，我給了Phayu一個微笑。

我和他時至今日都還是朋友，我在真的很需要幫助的情況下受過他好幾次照顧，真的很高興有Phayu這樣的友人。不過某人在事後發現我和Phayu有過交談或聯絡的時候，可是氣了個三、五天呢。

Phayu和我拍了幾張合照、聊了一下天，祝福完之後就離去了。

「Thi，我老實跟你說，你錯了，你不該拋下Phayu去選那個小屁孩的。」Phach在我耳邊低語，讓我不禁搖了搖頭。Phach仍舊看Noey不太順眼，因為他和Noey總是會去挑釁彼此，至於Tong呢，則是跟Noey有了一些交情，甚至還會相約一起去喝酒，兩個人果然都很欠揍。

「說人人到，你看那裡。」Phach一臉無可奈何地說著，一邊指向遙遠的一端。我跟著轉身看了過去，頓時就笑開了。

呃……欸，等一下，那……那個是……

「給老大排成一列，快！」
「北七喔，左邊左邊，你站在這裡。」
「反了！」

我、Tong、Phach，還有附近的所有人，目光通通聚焦在廣場上，我杵在原地，心中百感交集。Noey和那群熟悉的同伴們，十來個人排成了一列，手裡還拿著不知有何作用的白色牌子，還來不及多思考些什麼，他們就突然將白色牌子舉到了空中。

「齁……哇靠。」
「Thi，完了，那小子肯定是在玩你。」

忽然之間，弟弟們齊聲歡呼了大約兩、三次，令我詫異地張大了嘴巴。站在廣場中央範圍的人起初並不多，只有我和我的同學們而已，大部分人都分散到拱門那裡拍照去了，但一聽到這裡傳出了響亮的歡呼聲，所有人旋即饒富興趣地轉身看了過來。

Noey又在搞什麼東西！那……那是什麼？香蕉樹?!枕頭?!還有長鼓，這是在幹嘛？

「迎親隊伍來了　迎親隊伍來了

到了花童請迎接　美人今天穿什麼呢？[21]」

「迎親隊伍耶，哇靠！你家Noey太讚了！」

我愣在原地「呃」了一聲，看著列成一排的弟弟們慢慢以隊伍中央為中心，左右分成兩邊，中間多出了一道空隙，某個人徑直緩慢地從中走了出來。我看著那個人，他身穿紅色襯衫，還有那熟悉的刷白牛仔夾克，下身搭配著高腰牛仔褲，還束著如他的髮型一般、閃亮耀眼的皮帶，前方那撮瀏海在老式墨鏡前方來回擺動著，他的耳際插著一束月橘，大長腿還隨鼓聲的節奏踏著。

天啊，Noey！

「一開始　哥想帶你走　不過再細想　擔心會害你蒙羞

哥是國家的好軍人　我保證還愛著男兒的榮耀。」

我想笑又笑不出來，實在不知道該拿這個狀況怎麼辦，已經有許多人往這個方向投來注意力了，甚至還有人拿起手機拍照，引來了很多歡聲笑語，我想這在他們眼中應該是很新奇且有趣的。

---

21 〈迎親隊伍來了（ฮันหมากมาแล้ว）〉的歌詞，原唱為 Yongyut Chiewchanchai（ยงยุทธ เชียวชาญชัย）。

可是，對我而言……我想得到的字眼只有——臭Noey！Noey這臭小子！該死的Noey——！

「私奔的事　哥不要做了　私奔的事　哥不要做了
我想了又想　那太沒面子了。」

「好吧，Thi，我敗給你家那小子了。你到底從哪裡挖來這種人的啊？」

我愣著一動也不動，只能看著Noey前進三步、退後兩步地邁進，他的手上還拿著一束茉莉花，紮著蝴蝶結很是漂亮。

「哥是男人　戰士　該不該遵守泰國人的傳統
愛你就該來求親　即使聘金昂貴　我也願意奉上」

Noey一行人依舊以富有節奏的歌聲唱著，直到Noey停在了我的面前，他緩緩摘下墨鏡，對我眨了眨眼。Noey舉起一隻手、隨即握住，歌曲就隨著他的動作收了聲。

「Noey，你這是在幹嘛啊？」

「我攜帶數萬　來討伴嫁們歡心　保存在櫃子裡
告訴我吧　你的金門和銀門在哪裡？」

222

　　這一次，只剩Noey一個人唱著歌。他的唱腔滿是愛意，那或許就是銘刻在他心底、他所思所想的縮影。這小子到底是怎麼回事？總是能做出一些令人驚奇的事情。

　　「這裡這裡！Noey，金門是我，銀門是Phach那傢伙。」

　　「Tong！」我轉身輕輕地搖了搖頭、警示自己的好友，但Tong卻還是想陪Noey一起鬧。

　　Noey給的這樣的驚喜，讓我真的是害羞死了，我其實不怎麼喜歡成為被注目的焦點，但一想到是這孩子辛辛苦苦準備、鼓起勇氣為我做的，我就不想為此責罵他，以免傷了他的心。要尷尬，就一起尷尬吧。

「付了錢　請讓道

讓我進去找美女　乳白色皮膚的小姐

一親芳澤　開開心心　一親芳澤　開開心心

得償所願　抬了聘禮而來。」

　　「夠了！」我對著Noey說道。他嘆了口氣，接著再次像先前那樣站直，並將茉莉花束遞給了我。

　　「喏！」

　　我還是不禁笑著接下了，「送我茉莉花[22]？」

　　我低頭看著那束花，拿起來聞了聞，那獨特的香味讓我

---

22 茉莉花 (ดอกมะลิ)：因其顏色潔白、清香持久、花開全年，被視為代表泰國母親節之花。

淡淡地笑了。

「對，這位母親功德無量。」

「喂！」聽到 Noey 的胡說八道，我忍不住對著他大喊。

「是誰叫你帶茉莉花來給我的？」

「我自己帶來的。」

「為什麼？」

「因為你就像我的媽媽一樣。」

「我像 Tim 姨喔？」

「嗯，報答你母乳的哺育之恩。」

「No、Noey！」

「Phach，我想我們該離開這裡了。」Tong 說完，便和 Phach 一起離開了。Noey 的胡言亂語讓我的臉一下子就熱了起來，他一見自己成功地捉弄到我，就笑了出來。該死，為什麼要這樣啦？真是該打！

「夠了，去跟你的朋友說他們可以回去了。看到了嗎？大家都在看。」我一邊說著，一邊指著四周，不過好奇圍觀的人已經變少了，因為從中間開始就沒有較大的聲響從中傳出了。Noey 手插口袋，輕輕聳了聳肩，好似完全不在乎他人的目光。

「謝謝你。」我稍稍舉起茉莉花，還是燦爛地笑了。Noey 見狀也緩緩一笑。

「嘿，舉牌！」Noey 一下令，那些白色的牌子就立刻被

舉了起來。我專注地往那個方向望去，以便讀出那些文字。

　　這怎麼念啊？那是什麼字？

　　「Noey，那怎麼念？」

　　「死Tee！死Yoht！你們兩隻站反了，搞什麼鬼？」Noey轉頭看了看，旋即吩咐道，站錯的兩人也迅速換了個位置。

　　「有『某大姊』好幸運！」

　　No……Noey！這小子、這個臭小子！

　　「我喜歡『某大姊』，我不在乎別人怎麼說。擁有『某大姊』的人，應該要感到自豪……！唉喲！哥！打我幹嘛？好痛，天啊！媽！Thi哥他打我！」

　　我打！我就打你！打得你回去重新投胎成Sombat Metanee！滾回你的年代啦！

痞子壞壞愛
I Will Knock You

❤第三十二下　命定之人來寵愛

『你打包好了嗎？』

「應該還要再兩、三天。」

『好的好的，打包完再回家做準備吧，之後就先住家裡。』

「好。」

『你繼續去收東西吧，有什麼問題再打來給爸爸。』

「是，爸爸再見。」

掛了父親的電話後，我緩緩轉過身、看著自己的房間。我已經拿到了學士學位，準備要出國留學了，當然也必須從租屋處搬走，好讓別人能搬進來住。坦白說，我心裡偷偷地覺得有些彆扭，因為從我搬過來時算起，也已經住在這個房間好幾年了，一想到要讓別人來住，就有點不太習慣。

不過，似乎不只有我一個人，對即將離開這個房間感到不習慣。

我抱著胸，看著躺在床上的身影，他一動也不動地抱著我的抱枕好一陣子了。我輕笑出聲，走過去坐到他的旁邊。現在是晚上七點多、快接近八點了，屋裡的光源卻就只有床頭燈的光線而已。

「Noey？」

「幹嘛？」

「睏了嗎？睡一下也沒關係，我等一下幫你關燈。」

「我不睏。」他簡短地回答後、翻身仰躺。「好寂寞，你之後就不住這裡了。」

吼，這小子！

我笑著握住Noey的手，自從Noey得知我在打包行李、準備搬離這裡的那天起，他就黏我黏得很緊，還央求Tim姨允許、讓他每天都可以來這裡住，害我也必須一起努力徵取Tim姨的同意。Noey現在是聽不進任何人的話了，他就是想盡可能地長時間和我待在一起。我能理解他的想法，非常非常能理解。

因為……我也同樣少不了對方。

「你不是說你已經調適好了嗎？」

「這個誰有辦法調適啊？」

「都這個年代了，要聯絡又不是什麼難事。」

「我知道，但透過手機的螢幕就是……算了。」他還沒有碎念完，就側過身去逃避回答了。看著他那個姿勢，我輕輕笑了，穿著制服的寬厚背影讓我有點不習慣，現在的Noey跟剛認識時比起來、真的是成長許多了，我不禁想起了那個時候的Noey，他之前還是個會到處去打架鬧事的小混混頭領。那天讓我怕得渾身發抖的不良少年，現在竟然躺在我的床上

嘆氣，簡直讓人難以置信。

我緩緩地往Noey身旁躺倒，主動從背後抱住他，這讓Noey有些訝異。我收緊了雙臂，讓兩個人可以靠得更近。

「兩年，Noey，不會太久的。」

「……」

「等到那個時候，你也長大成人了。」

「……」

「不要總認為我不會等你，你自己才是，不可以先對不起我喔，知道了嗎？」

「為什麼要這樣說？」Noey翻過身來，將我摟得更緊，深邃的眼眸反過來靜靜地注視著我。什麼？我不小心說了什麼讓他不開心的話了嗎？

「就……就是……」

「你啊，你到現在都還是對我沒有信心嗎？」

「有的。」

「我會等你的，不管幾年，我都會等。」

「好。」

「因為我是你的，哥，我已經屬於你了。無論我的生命還剩多少年，我都想把它通通給你，明白嗎？」Noey說著，同時用手摩娑著我的臉頰。我不知道該回答些什麼，只好靜靜地躺著。雖然Noey總是很欠揍，老愛強迫我、做我不喜歡的事，還很任性妄為，但對我而言，Noey講情話的能力和他

的浪漫，從來不輸給任何電影中的男主角，這小子太會調情了。

「哥？」

「嗯？」

「如果我現在吻你，你會打我嗎？」他突然開口徵求我的同意。

聽到Noey這麼問，我輕輕地笑了出來。我該說什麼才好呢？Noey明明每次都沒有在管人家的意願的，說親就親，動不動就直接撲上來，何曾像今天這樣用懇求的眼神望著我過呢？

「那如果我說不呢？」

「……」Noey一臉哀怨，讓我覺得好可愛。我最後只好含笑著，先抬頭給了他一個吻。

Noey對於我的主動似乎感到很震驚，但沒幾秒後，他便重整旗鼓地回過頭來引導我。我暗自覺得奇怪，一個年紀尚輕的孩子怎麼會知道那麼多接吻的招式，多到讓我都想揍他了。我曾問過Noey，為什麼他會知道這些事情——

「學校裡的知識，我還在高中階段，但你知道嗎？某些事情，我認為自己已經可以拿到博士學位了。」

如此欠揍的回答被送到了我的面前，但我其實到現在都

還是不太理解他的意思。

　　不知道從何時開始，Noey已經翻到我的上方了，健壯的雙臂撐在我身體兩側，他的豐唇仍然緊緊貼合著我的嘴唇。我伸手緊抓住他的衣服，在Noey啃咬著我的雙唇時發出了悶哼聲。一開始還沒什麼不妥，但時間一久，我開始感覺到微微的疼痛，讓我不得不出聲抗議，如此一來，卻替對方打開了進攻的空隙，Noey不再等待、直接侵入，我濃重的呼吸又往上升了一階，吸吸吐吐間的熱度逐漸增高，舌尖交纏在一起，Noey的攻勢讓我無路可逃。

　　「啊……No……Noey……」

　　我試著出聲緩和，但Noey看來是什麼也聽不進去了。他依然不停地親吻、吮吸著我的唇，唇舌交纏間的嘖嘖水聲一陣陣地傳進我的耳裡，讓我害羞得要命。吻到某個程度，我開始覺得無法呼吸了，只好「咚咚」地拍打他，讓他放開。Noey重重地親了一下後才退開，換成在臉頰附近流連。

　　「No……Noey、夠了，呃……」

　　「哥。」

　　「……」

　　「哥。」

　　「幹嘛……」

　　「Noey想要，可以嗎？」

　　聽到Noey的這番話，我嚇壞了，不敢相信居然會有人直

接在我面前說出這句話。我抿著嘴，想到要談這件事我就害羞得不得了，Noey眼神讓我明白，他不是像以前那樣是說著玩的。

但……但是，他還沒長大啊。

「可以嗎，哥？」

「Noey，你還沒成年耶！」

「這些事情我都懂了，也知道每一個步驟的做法，我覺得自己已經準備好了，我有辦法做到的。」

我開始認真地想要打他了，Noey該不會早已把這些鬼東西都研究透徹了吧？真是服了他了，Noey也太過關心這些事情了，Tim姨知道這件事嗎？

Noey現在望著我的眼神彷彿在說，他在等的就只有一句話，一旦聽到了就會立刻撲上來，再也沒有人拉得住他。

我知道，對交往中的情侶來說，這些事情十分稀鬆平常，但Noey還小啊，年紀也還不滿二十歲，此刻我的眼前滿滿都是「坐牢」兩個大字。天啊，Noey，我到底能不能平安出國留學啊？

「Thi哥，好嘛。」

「但……但是……」

「拜託。」Noey溫柔的低沉嗓音再次挑逗著我的心，他靠了過來，用漆黑的眼眸直勾勾地凝視著我。我無法挪開視線，就像是被那雙眼睛鎖住了一樣，Noey的另一隻手移過來

抓住我的腰，輕輕施力捏弄，讓我的心跳得又猛又快。

不知為何，我最後還是點頭答應了，Noey便立刻撲上來吻住了我。

我不知道，我什麼都不知道了。

我的理智被Noey慢慢消融、一點一滴地流失掉了。原本還想找藉口讓他停下動作，但當他抓著腰的手緩緩地移向另一個部位時，我僅存的一點理智似乎也被彈飛了。Noey沿著肌膚按壓，我閉緊眼睛，雙腳也不自覺地蜷曲了起來。

「No……Noey！」我試圖抗議，但現在不管說什麼，Noey都聽不到了。我的雙唇被吻得死緊，他的手也挪住我下半身的衣物，我只能躺在他身下動彈不得。過了不久，褲子就被Noey一點一點地扯掉了，想要閃躲的腳也被他拉了回來，皮膚雖然接觸到了房內沁冷的空氣，卻完全不覺得冷，因為Noey掃過全身的視線讓我渾身發熱。

「Noey……我……我什麼也沒有準備。」

「不需要，我準備好了。」

「什、什麼？」

「哥，我隨時都有準備。」

「你！小小年紀，怎麼就……」

「誰還沒長大啊，你有問過我了嗎？」

「但是，你才多大……要是做了，我怕……」

「怕什麼？」

「你……你不會痛嗎？」

「你、你以為……天啊，哥！我的 Thi 哥，你這個笨蛋！」Noey 對著我嚷嚷，他掐著我大腿後側的狠勁讓我嚇了一跳。他是怎麼了？我哪裡說錯了？我擔心的就只有這個啊，如果真的要做那件事情，不就要……呃……插進去嗎……？那樣的話，Noey 可以嗎？

「你安靜躺好就好，閉嘴啦！」

「Noey？」

「我們的定位都這麼清楚了，你怎麼還會不懂！」

「Noey，等等、啊！」還沒來得及抗議，他就拉過我的身軀，讓我更加緊貼著他。

Noey 掰開我的雙腿，準備要拉下那一小塊布，我的臉頓時燒了起來，不到幾秒，下身就裸露在 Noey 面前，我趕緊用手搗住自己的臉，Noey 的視線太過炙熱，太令人感到害羞了。屬於 Noey 手掌的觸感慢慢爬上我的小腹，開始褪去我身著的淺色襯衫，幾秒鐘過去，所有的釦子就都被解開了，Noey 也順勢拉開我的衣襟，雖然衣服沒有被完全脫去，但感覺卻像早就被扒光了一樣。

「吼，殺了我吧，哥。」他發出小小聲的哀號，我還來不及回應，重點部位就被握在了大大的手掌裡，我緊抿著雙唇，不想洩露任何聲音。Noey 就這樣來回套弄著，奇怪的感覺慢慢開始浮現，我的雙腳也變得愈來愈緊繃。

「Thi哥，別閉上眼睛。」

「不……不要。Noey，可以關燈嗎？」

「不行，看著我，看我一下。」

「唔！」

「我想記得你的樣子，拜託。」Noey哀求著，一邊伸手拉開我的手掌。

那一刻我才睜眼看向Noey，整個臉頰都燙得要命。Noey的手裡握著那個東西，他緩慢地上下移動，同時不停地搓揉，直到它站了起來，還變得前所未有得濕潤，身體既不舒服、感覺又非常奇怪。

「啊！不……不行……Noey、不要、哈！」我想要制止他。

Noey的另一隻手往上捏住了我胸口上的凸點，用手指不停地按壓搓揉，我從沒想過這個地方也會有如此強烈的感覺，胸口瞬間從床上彈了起來，像是有電流通過全身一般。我的腳趾抽搐著，雙腳也無意識地夾緊，於是Noey不得不將它們卡住。

「Noey，啊、哈。」

「靠，我忍不住了。」Noey低咒著從我上方離開。

我仰躺著不停地喘著氣，整個人都非常不舒服，豎直的分身都變成深紅色了，讓人很擔心它會不會怎麼樣，感覺全身上下都受盡了折磨，我不知道接下來該怎麼做，只能來回

扭動身體。

　　退開的 Noey 脫去身上的制服，平時被衣服遮蔽住的肉體就這麼出現在我眼前。Noey 的肌肉比我要來地膨大結實許多，身上散落一些疤痕，其中一部分的痕跡非常得顯而易見。

　　「哥，我很性感齁？」

　　「說什麼啦！」

　　「你就看著吧，我整個人、整顆心，都是你的。」

　　Noey 笑著說道，一副想再次對我的下身出手的樣子。我連忙撇過臉，但也不明白為什麼要害羞，只知道自己不敢再看著他了。Noey 輕輕地笑了，他起身離開床舖，我的視線跟著他移動過去，發現他打開了自己的背包，拿起幾樣東西後就走回來了，我看到他手裡拿著的是什麼東西時，不禁瞪大眼睛。

　　天啊，Noey，我真的要打你了！為什麼會懂這些，為什麼準備得如此齊全啊？

　　「哥，我跟你說過了，我在這方面很厲害的。」

　　我的心臟愈跳愈快。Noey 像先前一樣坐回床上，突然之間，皮帶落在地板上的聲音響起，沒多久後，他的褲子也不見了，在清楚看見他的「東西」的時候，我緊緊地抿住了嘴唇。

　　嗚嗚，Noey 為什麼全身上下都超乎年齡得大啦！

　　「Thi 哥，翻身。」

「翻……翻過去幹嘛？」

「相信我，翻過去。」

我猶豫了一會兒，在Noey持續的注目下緩緩坐起身，他伸手抓著我的身體，幫我翻了過去。我背對著Noey，他的一隻手按在我的腰上，像是在避免我逃脫一般。我不知道Noey打算做些什麼，他繼續擺弄著我的姿勢，雙腳也被他稍微分開了一些。

「Noey！等等！」

「別緊張。」

「Noey！」

我感覺到有某種濕濕的液體被倒在了後方的穴口上，嚇得我大喊Noey的名字，並將身體扭過去看他，Noey立刻壓制住我的腰際，我逃也逃不掉了。

不是……這……難不成他、他要對我做「那件事」嗎？

「別緊張，Thi哥，冷靜。」

「Noey，先等一下、呃……嗚！啊！」來不及多做抗議，Noey就把被潤滑液打濕的手指慢慢推進我的身體裡，我撐在床上的雙手瞬間僵住了。我只能大口地喘著氣，隨著重力的作用低下頭來，未曾體驗過的陌生感受讓我震撼不已，體內的手指也緩緩動了起來。

天啊，Noey是認真的嗎？這孩子真的要跟我做「那件事情」？吼，要是被別人知道了……我也不知道能怎麼辦了。

「呃、嗚，別、Noey不⋯⋯」我想叫他停下來，可是他不但沒有照做，反而還增加了一根手指進來。

我開始感覺到那裡又緊又痛，不知道現在裡面有幾根手指了，眼淚不知不覺地就從眼尾滲出。Noey來回探索著，手指抽插的速度愈來愈快，讓我的意識幾乎要離開腦海，支撐身體重量的雙腳也在不停地顫抖。

「啊、啊！Noey、哈、Noey，那邊不要，嗚！」

Noey的手飛快地動著，讓我全身上下的感官都倍感興奮，撐著身體的雙臂漸漸失去力氣。最後，我的上半身癱倒在床上，十根手指把床單都揉皺了，眼淚也止不住地流了下來。我努力想讓屁股躲開那樣的侵略，但Noey卻不願意放開，他一隻手箝制住我的腰，另一隻手仍用極快的節奏攻擊著。我叫了出來，因為不知所措而啜泣，現在我只發得出呻吟的聲音，哀求著年紀較輕的對方，拜託他可憐我。

「我、哈⋯⋯我認輸了，啊、哈、啊！」

我緊閉雙眼，全身忽然之間開始抽搐，雙腳也瞬間併攏。我大口喘著氣，渾身上下都在顫抖，喘息聲在房間裡迴盪著。過了一陣子，我才慢慢睜開眼睛，Noey來回撫摸著我的臀部，一邊搓揉，一邊慢慢將我擺回仰躺的姿勢。

就在剛剛，我去了⋯⋯剛才他甚至沒有去觸碰那個地方。又羞又恥，真的是太丟臉了！

「你叫得好入迷，真可愛。」

「呃……」

「超可愛的。」他簡短地嘆道，就欺身下來吻我，抓過我的雙手、讓它環繞在他的脖子上。我好累，自己明明沒做什麼，卻累得全身無力。

包裝被撕開的聲音突然響起，我不知道 Noey 正在做什麼。

Noey 的嘴唇在我臉上不斷游移，他順著下顎線親吻，接著來到頸窩，沿路留下深紅色的痕跡，我全身泛紅，不停分泌出的汗水讓人感覺渾身黏膩。

當 Noey 的頭往我的胸口移動過去時，我有些不知所措。Noey 伸出舌頭在我的胸口上舔弄著，我不禁縮起身體想要躲開，他便用一隻手墊在我的後背，讓我的身子反而更往那張深邃的臉貼近了。胸前的凸起被對方玩弄著，直到它開始有些發疼、並且染上了更深的顏色，我的啜泣聲並沒有消失，渾身上下的感官都變得很奇怪，原本平靜下來的分身又慢慢立了起來，頂著伏在我身上的那人的肚子。

「Noey、哈、Noey！」

「還好嗎？還可以吧？」

「夠了……」

「不夠，我還沒吃飽。」

「嗚。」

「尤其是看到你現在這個樣子，我就更餓了。」他稍微退

開，注視著我的臉，我猜我的臉現在應該是紅透了。

　　Noey 伸手擦去我的眼淚，我被那雙眼睛騙得安靜了下來，只顧著看他，沒有去注意下身的狀況，我忽然感覺到有某個東西正擠進我的體內，我嚇壞了，手指立刻掐進 Noey 結實的手臂裡，身後那處又痛又撐、非常不舒服，眼角的眼淚再次淌下，滴落在枕頭上。

　　「嗚，Noey，痛、會痛。Noey，我好痛！」我直接對著 Noey 說道，感覺有點喘不過氣來。

　　「噓……別緊張，Thi 哥你冷靜點，一下下而已……呃！」

　　「Noey，嗚、好痛，出去，先拔出去。」

　　「我也好痛，你不要再夾了。」

　　「啊！」

　　「再一下下、一下下就好。」

　　「嗚，夠了。」

　　「Thi 哥，都進去了，全都進去了，你很棒。」

　　我聽著那番話，只知道自己非常得不舒服。那東西進得很深，深到我連動都不敢動，渾身都因為埋在身體裡頭的 Noey 的分身而顫抖著。他撐起自己的身體，兩隻手臂架在床上，Noey 喘著氣，直勾勾地盯著我看，他拿起枕頭墊在我的腰下，當他一開始動作，我的表情也跟著扭曲了起來。

　　「很痛嗎？」

「嗯。」

「等一下就好了，對不起讓你痛了。」Noey俯下身，在我的胸口上落下一個又一個的吻，異樣的感覺又再次升起，看著他無比溫柔的舉動，我的心臟劇烈地跳動著。他似乎理解到我的難受了，那望過來的眼神裡帶著歉疚，Noey努力在我身上各處撫摸揉弄著，好像是希望我能藉此忘記那些疼痛。

「啊！」

「可以繼續嗎？我忍不住了。」

「啊！等一下！啊。」

「媽的……」

「Noey，嗚、等一下，哈！那、那裡、啊！」我閉緊眼睛，雙手趕緊伸過去抓緊他的手臂。Noey緩緩地移動身體，他的東西從我的體內淺淺地拔了出來，不一會兒後又重新插了回去，每一下都令我渾身顫慄，緩慢的節奏漸漸地變得愈來愈快，隨著他高漲的情欲而加速。現在我也不知道該怎麼辦了，疼痛慢慢地轉換成另一種我沒有體驗過的感受，Noey的喘息聲和肉體碰撞的聲音同時迴盪在房間裡。

「啊、啊！Noey、嗚、輕輕！哈、輕一點。」

「嗯。」

「別碰那裡，不、不行，啊！哈，輕、輕一點。」

我的聲音似乎完全沒有進到Noey的腦子。我睜開眼睛，透過淚水糊成的朦朧簾幕看著年紀較輕的對方，他臉上布滿

了情欲，看起來既炎熱又超齡得性感，讓我幾乎挪不開視線。

　　低沉的嗓音與喘氣聲交替著，Noey 一發現我的視線，便也回望著我，他的大手將我的一隻腳壓在床上，另一邊則被他抓住腳踝扳開，這個姿勢讓 Noey 得以進得比原本更深，大顆的淚滴也因此從我的眼角滑落。火熱的性器不停朝後方的甬道進攻，而我感覺到自己收縮的力道也同樣強烈，Noey 的速度快得讓我跟不上，我呼吸困難，激動得不知道應該要先感受哪一種感覺。身前聳立的分身濕漉漉地頂在 Noey 的肚子上，每當他挪動身體時，我硬得挺起的性器就會在 Noey 的腹肌上來回摩擦，他動得愈快，我的感受就愈加強烈。

　　Noey，你今天是想殺了我嗎？

　　「我、不行了，哈、不行了，嗚！」

　　「啊！」

　　「輕、輕一點，我要……哈……我要……」

　　「Thi 哥。」

　　「哈、Noey，求你……輕、啊！啊！」

　　「靠，忍不住了……哥，我忍不住了！」

　　「我要、Noey、我……我……啊！啊……」我大聲驚呼，急得將 Noey 拉過來緊緊抱住，我全身都在抽搐，痙攣到擔心自己會出事。濁液再一次射了出來，有些還噴在了胸口的位置上，弄得髒兮兮的。

　　我的喘氣聲裡混雜著啜泣，Noey 的動作愈來愈快，我的

身體隨著他的力道搖晃著，他俯下身，在我的頸窩上重重地啃咬著，呼吸聲漸漸增大，在最後一次用力插進我的深處之後，Noey終於發出了一聲低吼。

我們兩人……我們……我們做了那件事了。

天啊，要被關了，這是要坐牢的，肯定會坐牢的，沒辦法出國留學了。

「嗚。」

「Thi哥，我愛你。」

「Noey。」

「我愛你。」他深情地望著我、輕輕說道。溫暖的感受悄悄在心裡升起，左側胸口劇烈地跳動著，Noey又吻了我一次，那甜甜的吻讓我感覺到自己正被他珍惜著，我不明白這孩子為什麼會這麼好。

他抓著我、讓我慢慢翻了個身，Noey又換了一個姿勢，我們的身體依然還相連著，這次是我坐在他的身上，讓他的東西又進得更深了。我不得不打了Noey一下，然後彎下身，筋疲力盡地抱住Noey。Noey輕笑著回抱我，他來回摩娑著我的背，我滑落的襯衫卡在肘關節上，於是Noey幫忙將它脫去，而後在我的臉頰附近落下了一個吻。

「我愛你，聽到了嗎？」

「嗯。」

「趕快回來找我，快點回來，我會等著的，我哪裡都不

去。Noey是Thi哥的，聽到了嗎？」

「好。」

「我們再見的時候，我保證會變得更加成熟，成為一個比現在更好的人的。」

「……」

「謝謝你讓我成長，要是沒有遇見你，我的生命裡就不會有這些好事了。」

「嗯，我也是。」

「謝謝，真的很謝謝你。」

「……」

「要等我喔。」

「啊！」

「不過現在……Noey不想等了，Thi哥！」

「啊？先……先不要……啊！不要再塞進來、啊！」

「呀呼，小粉粉都紅通通的了！」

嗚嗚，救命，救救我，誰能幫Thi打個電話給Tim姨！

💙 最後一下　將你帶到我身邊

「See you tomorrow.」

「Hey! Titi Don't forget your wallet.」

「Oh! Thanks, bye.」

我從朋友手上接下自己的黑色錢包，揮手道別之後就走出了咖啡廳。外頭的溫度比店裡要來得低了許多，我拉緊身著的外衣，即使內裡已經穿著兩層衣服、外面還套著大衣了，我還是隱約覺得有點寒冷。

今天我和同學們約好了要一起做報告，從早上就開始進行了，經過了數小時，報告已經變得有模有樣的了。踏出店外時，天已經完全黑了。

我搬來歐盟的一個國家繼續進修，剛來到這裡的時候，我承認自己還不太適應，這種事情果然是需要時間的，所幸我遇到了很好的朋友，他們總是會不時地給我建議、也對我非常好。經過前三個月，生活也漸漸上軌道了。

我搬到這裡，算算也快一年了，身處泰國的某人這時應該已經長大成人了。

我和Noey依舊交往得很順利，處處都往好的方向發展。剛出國的時候，Noey幾乎是天天打電話給我，撒嬌犯痴的聲

音讓我都想拜託 Tim 姨多打他幾下了。你知道嗎？他來機場為我送行的那天，哭得眼眶裡滿是淚水呢，現在想起來還是會覺得好笑。花火寺 Noey，那個老愛耍帥的人居然會哭得淚流滿面，只因為我要暫時離開泰國，他看似已經長大了，但實際上卻還只是個孩子呢。

上次聽到 Noey 的消息是在幾個月前，他剛參加完大學入學考試。我曾告訴過他，可以利用打電話的方式來讓我幫他補習，但 Noey 並沒有那麼做，他只顧著擔心、害怕這會害我很辛苦，於是那傢伙不讓我教，只有在有不懂的地方的時候才會來問問題。

在他考完之後，我就不怎麼去關注他的消息了，不知道考試結果出來了沒有，我真的很擔心他會感到焦慮、壓力太大，所有大學相關的事情，Noey 都不願意讓我知道，尤其是這陣子，我感覺他愈來愈少來聯絡我了。

我端坐著、讀著眼前的書，稍稍吐了一口氣後，看向窗戶外頭——白雪紛飛，每一條馬路都鋪滿了一整片的白色，窗沿上也積著雪，這讓我感覺更加孤獨，我已經有三、四天沒和 Noey 說到話了。

我拿起手機看了看，最後的聊天記錄是對方在詢問我的地址。一開始我還猜想他可能是想寄什麼東西過來，不過並沒有，他只是問了我的地址，之後就安靜下來了，沒有再回覆任何訊息。

　　「唉。」我嘆了一口氣，起身走到自己的床上躺下。才剛躺下來沒多久，手機就突然亮了起來，我便再一次將它拿起來查看。好奇怪，打來的是一個陌生的號碼，我思索了一會兒後才決定接聽。

　　「Hello.」

　　『Hey, he's here.』

　　我聽見一道低沉的男聲，他似乎在呼喊著某個人，接著就傳來一陣「唧唧叩叩」的聲響。不久之後，說著英文的男聲不見了，取而代之的是操著一口泰語的說話聲。

　　「Hello?」

　　『哈囉。』

　　「Who's that?」

　　『哥，是Noey，我是Noey。』

　　「No……Noey？」

　　得知這熟悉的嗓音屬於何人之時，我瞪大眼睛、驀然從床上跳了起來。Noey是借誰的手機打來的啊？而且一開始聽起來竟然還像是一個外國人的腔調？

　　「你是拿誰的電話打來的？」

　　『嘿，救救我。』

　　「發生什麼事？你有沒有怎樣？」我著急地問道，不知道他是不是發生了什麼事情，居然要這樣跨國打電話來求救。

　　『我好像迷路了。』

「哈？」

『我在⋯⋯這怎麼念啊⋯⋯看不懂，念不出來，就是有個粉紅色招牌的漢堡店。』

「Noey，你迷路了嗎？打電話問我幹嘛呀？我怎麼會知道你在哪裡，我們兩地相隔耶。」

『媽的，真掃興。看來還是必須要先告訴你了，本來是想給你一個驚喜的⋯⋯』

「什麼啊Noey？我聽不太到。」我聽不清楚他都講了些什麼，只聽見喃喃自語的細碎聲音，於是向他問道。

『喂，出來找我一下。』

「我要怎麼過去找你啦！」Noey失落的聲音讓我稍稍笑了出來。

『你可以的，這位阿伯說距離很近。』

「哈？」

『嘿嘿，You said walk，喔喔，Right here？喔喔，Ok，ok，Fine，fine！I know！』帶著奇怪口音的英文傳了過來，我猜那是Noey的聲音，但最讓我困惑的是，竟然有人同樣用英文回答了他。我都搞不懂Noey現在人到底在哪裡了，他是說他迷路了？

「Noey，你在哪裡？」

『有粉紅色招牌的Double Burger。』

「！」我皺緊眉頭，腦海中立刻浮現出距離自己宿舍不

遠的那家漢堡店，我知道可能性不大，但還是不小心聯想到那裡去了。我猜Noey絕對是出去玩，然後在這家店的某個泰國分店附近迷路了。

「你為什麼不開地圖來看？沒有人跟你一起嗎？」

『不行，我手機沒電了，也沒有人跟我一起。我很強，我是自己來的。』

「Noey！」

『Jamnien，來接我一下。』

「我要怎麼去找你啦……」

『快點，好冷。』

「？」

『幹，下雪他媽的冷斃了，腿都凍僵了啦，快點來……』

嘟——嘟——

「Noey？Noey?!」我喊著Noey的名字，明明就還沒搞清楚狀況，但通話已經被切斷了。我心急得不得了，Noey現在到底是在哪裡迷路了？

但等一下……剛才，他是說下雪了，對吧……

我的心頓時怦怦直跳，不知道是否有這個可能性、不知道這是否會成真，我只知道自己的直覺正在呼喊著叫我下樓，再次迎接寒冷的氣溫。沿著熟悉的街道快步走去，雙腳

快速地交錯著，直到經過大樓的轉角處，我來到了那家漢堡店的對街，粉紅色的招牌仍然亮著，我趕緊穿越馬路、前往那家店前，蹲在店門口的人旋即出現在我的視線裡，但昏暗的燈光讓我沒辦法看得很清楚，我放慢腳步，慢慢往那個人走近。

不⋯⋯不是真的，這不是真的。

「Noey！」

我叫出眼前對方的名字，他互相摩擦的雙手頓了一下，緩緩地抬起頭來張望，接著就站了起來。那一刻，我就像是被聖誕老人拿聖誕禮物砸了一樣，我燦爛地笑著，立刻衝上去抱住了Noey。

該死，他是來找我的嗎？Noey來找我了？特地來這裡找我的嗎？

這小子！這孩子！

「TaengAon，你終於來了，我等了快一輩子了，蛋蛋都要凍僵了。」

「是誰讓你一句話都沒說就跑來的？你看，迷路了吧！可惡的Noey，你為什麼不跟我說，要是你在更遠的地方迷路了怎麼辦？誰可以幫你？你怎麼⋯⋯」

「好了好了，別念了，我可是特地來找你的。」

我慢慢地退開，將Noey端詳了個清楚——他的個子長得比分開的時候更高了，外表也有些許改變。Noey依舊留著龐

畢度頭，但修剪得更襯他的臉型了，那撮瀏海也還在，並沒有消失不見。

我臉上掛著微笑，終於不是透過電話、而是直接見到活生生的Noey了，還有什麼會比小男友親自飛到這裡要來得更加驚喜的呢？還迷路到計畫敗露，讓我不得不過來幫他，這個Noey！

「我想親自跟你說。」

「說什麼？」

「我做到了。」

「……」

「哥，我考上了！」

「真的嗎？」聽到這個消息，我感到非常非常開心，不自覺地笑顏逐開，Noey見到也回以一個微笑。

終於！他真的做到了！我真的很高興Noey又成長了，這是本月聽到的最好的消息了，我真的很為他感到開心，一看就知道Noey自己也十分得意，所以他才會跑來這裡，就為了要親自告訴我。

「所以我就穿著制服來讓你瞧瞧了。」Noey笑笑地回答著，並打開他那寬大的灰色大衣。看見他裡頭穿著全套的制服，我睜大了眼睛，他穿著制服過來找我，就是為了讓我親眼見識嗎？

「衣服薄得要死，好冷，但還是想穿給你看。」

我立刻走了過去，張手抱住Noey，我聽見他發出輕笑，並回抱了我，同時用厚重的大衣包裹住我的身體。我整個人埋在他的懷抱中，溫暖的觸感讓我也忍不住笑了，真的真的很開心。

「你很厲害，Noey。」

「謝謝你。」

「該死……你居然做到這個地步，一點都不乖。」

「哥說我不乖喔？」

「嗯，不乖，Tim姨都沒有說你什麼嗎？」

「媽幫我出了機票錢，說這是獎勵。」

「真的？」

「媽說只要我考上了大學，就可以給我獎賞，所以我就把你要來當作獎勵了。」

「……」我緩緩抬起頭來看著他，Noey低下頭，也給了我一個微笑。他的臉頰通紅，鼻尖也紅通通的，零星的雪花黏在他的頭髮上，十分可愛。聽見Noey這番發言，讓我不禁開心地笑了。這小子，真的是！

「我可是拒絕了像阿叔那樣的賓士耶！」

「不想要車嗎？」

「如果要我選擇要你還是要車，我當然是選擇你。」

「嘴真甜。」

「甜的可不只有嘴喔。」

「少來。」

「真的超級想你的。」他把我擁得更緊，讓我再次沉入他的胸口，我們兩人的輕笑聲同時響了起來。Noey抱著我晃來晃去，一邊在頭頂上落下一個輕柔的吻，看樣子他是真的很想念我，不過也不能只這麼說他，因為我也同樣緊抱著他不放，這其中的思念與他並沒有什麼不同。

真的很感謝Noey，願意為了我成為一個這麼好的孩子。

「好冷，沒想到這裡這麼冷。」

「因為你穿得很薄啊！走吧，我帶你去吃點暖和的東西。」我慢慢地退開，拉起Noey的手、讓他跟著我走。Noey拖著一個大行李箱，厚實的手緊緊地回握住我。他整隻手掌都冰到讓我很揪心，每一次說話他的嘴唇都在顫抖，也許Noey從沒有來過這麼冷的地方。

好可愛。

「我哪也不想去了，回去你住的地方吧！好冷，又好累，為了找你走路走一整天。」

「好啊，可以。」我輕笑著，帶著Noey走回自己的住處。

一進到房間，Noey就急忙走到床邊，抓起床上的被子、往自己身上裹了一圈。我含笑著打開暖氣，接著走回他身旁坐下，Noey馬上就躺倒在我的大腿上。你呀，真像是一隻大狗狗。

「幹，都冷到蛋蛋了！」

「想要更多禦寒衣物嗎？我去拿來給你。」

「不要，先別起來。」

「好。」

「我想就這樣待著，想要再靠你近一點。」

「欸？」Noey 推著我的身體、想讓我平躺在床上，令我不禁微微地出聲抗議。我在他調整我們兩人的姿勢時，偷偷地笑了出來，他拉過被子蓋住我和他自己，結實的手臂摟過我的身體、把人帶得更近，我回抱了 Noey，來回撫摸著他的背。被那樣深情的眼神凝視著，讓我不禁有些害羞了起來。

無論是透過鏡頭還是直接見到本人，Noey 總是喜歡這樣偷襲我。

「超級想你的！」他再次說道，並在我的額頭上重重地壓了一個吻，用嘴唇不停地磨蹭著。

「嗯，我也很想你。」

「我這樣算是長大了嗎？」

「你長大了。」

「我帥嗎？」

「就……還可以啦，上大學之後肯定會被很多女生追著跑的。」

「我不在乎，我已經有你了。」如此可愛的話從 Noey 的口中冒出來，讓我笑了出來。我再一次望著他的臉龐，真的愈長愈帥了，他已經脫去以往「花火寺 Noey」、街頭巷尾皆

知的不良少年面貌，現在或許都可以去參加大學的校草比賽
了。

真的走了好遠一段路了啊，這孩子。

「我對你來說，已經夠好了是嗎？」

「嗯。」

「超開心的，好開心好開心！」

「我知道。」

「累是累，但都是為你而背的。」

「……」

「我很愛你，知道嗎？」

「我知道。」我輕輕地回答。聽到對方說出那番話，我
的心臟怦怦直跳，他那緊緊注視著我的目光更增添了幾分慎
重，深沉得讓我不敢說話，只能讓思念盡著它的本分。

「有老外跑來追過你嗎？」Noey問道。

見我回答得很慢，那雙濃眉皺到都要打結了。的確是有
人主動要來認識我，來追我的人也有，大部分都同樣是年輕
的亞洲人，但我對他們並沒有放太多心思，因為已經有人在
等我了。

「哥，真的有？真的有人來追你？天啊！」他撇過臉，
出力將我拉得比原本更近。那個愛吃醋的小子讓我不禁莞爾。

「算了，我會盯著的！誰敢來追你，老子就拿木棍敲他
個幾下！」

「很厲害嘛。」

「對，誰盯著你看，我就拿彈弓射爆他的眼睛。」

「你太凶了。」

「當然要凶了，你可是我的老婆耶！」

「呃……喂！」我對著 Noey 大叫，臉上頓時熱了起來。Noey 揚起嘴角，接著把臉湊了上來，漸漸變得炙熱的呼吸澆在我的臉頰近處，他慢慢將臉挪近，直到冰冷的嘴唇落在了我的唇上。Noey 沒有吻得太過，只是淺淺地親著，彷彿在向我傳遞著更多情感，訴說著他是多麼得思念。

我也抱持同樣的感受，非常非常地想念 Noey。

無論過了多少年，我還是覺得這小子就是一個年紀還小的弟弟，他偶爾會表現出看似已經長大了的模樣，但其實只是偷偷藏起弟弟的那一面而已。雖然他有時看起來還是吊兒郎噹的，但真的認真起來，卻比預期的要來得更值得依靠。

儘管總喜歡惹別人生氣，但當我們需要休息、安慰時，Noey 總是會張開雙臂迎接，是個只要對誰抱持著愛情，就會為對方提出奉獻的人，無論那人是母親、還是朋友。

有時候，我會羨慕他的堅強、羨慕他的勇氣，也羨慕他的堅定。

以前總是覺得，有一天我會遇到一個我愛的人，而對方也會愛著我。但是回頭一想，倒是真的沒有想過對方會是這樣的人，會是這個一臉凶神惡煞的少年。

就這樣吧，如果要把我們的相遇歸咎於某項事物，那大概與那名為緣分的東西脫不了關係。

但無論是什麼，是緣分、神力、巧合，或者是那個玉墜的力量都好，請讓我為祢們致上謝意，真心感謝，非常謝謝祢們冥冥之中讓我遇見這個人。

不知道我和 Noey 之間的故事還會持續多久⋯⋯但是，可能的話，我不想讓它結束，我還想和他在一起、還想這樣看著他長大，想要一直在一起。

這就是⋯⋯愛上一個人的感覺。

謝謝你，Noey。真的非常非常謝謝你。

「哥？」

「嗯？唔！夠了，親太久了。」

「哥。」

「怎麼了？喊了又不說話。」

「哥──」

「幹嘛？」

「不抱抱的話可以那個嗎？也許身體會暖得比較快。」

「No⋯⋯Noey！」

「我等很久了啦，花都要謝了，Jamnien。」

「Noey、Noey！呃！」

　　天啊！Tim 姨！Tim 姨妳知道嗎？妳獎勵他獎勵得太多了啦，吼——！

　　「我可是為了小粉粉飛來的。」

　　「Noey！噢！不要咬！」

　　「快喊葛格的名字，『啊啊啊』一下。噢！哥！別打！吼喲！別打了，痛痛痛！」

痞子壞壞愛

I Will Knock You

❤ **特別篇 · 一**

-Thiwa-

兩年是一段看似很長，但實際上卻沒有很久的時光，一眨眼，我就拿到碩士學位並回到泰國工作了。所幸我父親的人脈很廣，因此我拿到的工作很能讓我發揮自己所學的領域及長處，也相當符合我的喜好。我決定要在一家私人企業裡安身立命，最近的生活可說是完全進入了大人的狀態，不再像以前一樣隨時有時間可以玩樂或出遊了，光是每天上班，我就感覺青春活力一點一滴地被吸食掉了。在親身經歷到之前，不曾想過工作竟會如此累人，但即便如此，也不是只有遇到壞事而已，也體驗到了很多很棒的事情和經驗。

我打開家門，走了進去。我爸媽買了一間公寓給我，作為慶祝成年的禮物，自從國外留學回來、開始工作之後，我就定居在這裡了。

剛進門時還沒反應過來，一股香味就飄進了鼻子裡，我將包包擱置在沙發上，隨著那股香味走去，看見了某道正在廚房裡忙進忙出的背影。我雙手抱胸，含笑地望了望，並斜斜倚靠在了牆壁上。

對，眼前的人就是 Noey，我的小男友。

　　此刻Noey已經成長為一個青年了，從花火寺Noey變成了音樂學院三年級的Noey學長。會選擇念這個科系，是因為他對音樂很感興趣，他現在也開始上木琴、烏胡和都旺胡[23]的課程了，Noey告訴我，要是畢業了，他或許會組一支專門創作泰國音樂的樂團。想起來或許會覺得好笑，但一看到Noey堅定的表情，我也開始真心地佩服他了。

　　Noey自從進入大學之後，無論是他的臉型、還是身材，比例是一天比一天地變得更好。他的基因不知道為什麼會這麼厲害，他原本就比同齡的孩子們還要高大了，現在更是如此，Noey的身高甚至和我遇過的一些外國人差不多高了。

　　我跟Noey居然能夠交往這麼久，想來就覺得有趣。看看現在的他，哪裡還有「花火寺Noey」的樣子，每次有考試時就會打電話來、甜言軟語地央求我給他鼓勵，真是討厭死了。沒有蛻變的，應該就只有他那復古的髮型了吧。

　　「你走進來就是為了站在那邊盯著我看嗎？」

　　「啊？什麼啦？我才沒有看！」Noey出聲說了話，我才從自己的思緒裡跳脫出來。他轉過身，手裡還拿著鍋子，那雙大手慢慢地將食物裝進盤子裡，飄散的香味讓餐點美味加乘，身著圍裙的Noey也是可愛得不得了。其實Noey很會做菜，煮出來的料理都非常好吃，不愧是Tim姨的兒子。

---

23 這裡分別指的是泰式木琴Ranat（ระนาด）和類似胡琴的So U（ซออู้）及So Dung（ซอด้วง）。

「我可以嘗嘗看嗎？」我靠了過去。

「小心燙。」

Noey 放下鍋子之後，拿了湯匙、舀起食物，他為了讓剛料理好的餐點降溫、吹了幾口氣，才伸過湯匙餵給我。

嗯！真的很好吃！

「這樣就夠了嗎？」

「夠了，吃一點就好。」

我幫他布置好餐桌、倒了杯開水和盛飯，兩人坐下來一起吃晚餐。Noey 很常來我家，已經到幾乎是住在這裡的地步了，但 Noey 其實也有自己的住處，他和 Thiw——也就是他的好兄弟，分租了一個房子。我聽說 Thiw 現在也一樣在念大學，那傢伙搶到了獎學金，所以上大學是不用錢的。

能得知這些往日的不良少年能變得如此上進，我真的很為他們感到開心。

「都長得像水牛那麼大了，還吃得這麼髒。」Noey 碎念著，並伸手擦掉我臉頰上的飯粒。我稍稍皺了皺臉，他老是喜歡這樣跟我說話，講了也不聽，都懶得跟他爭了。

「多吃點豬肉，你瘦到都快變成皮包骨了。」

「我哪有那麼瘦！」

「很瘦，肉都消下去了。」

「誇張！」我回應道，接著想伸手去捏自己的臉頰，不過那隻手卻被 Noey 搶先抓住了。我愣了一下，Noey 的笑容

有些奇怪，肯定是想要趁機捉弄我。

「不准喔。」

「我不是指這裡啦，是在說你的屁股。老伴啊，你看它都扁扁塌塌的了，唉喲！」

去死啦！什麼屁股！還有你叫誰「老伴」啊？Noey！Noey——?! 你這張嘴活該被打啦！

等到好不容易停戰，把桌面收拾好、碗盤沖洗乾淨之後，我全身上下都變得黏答答的了，只好趕快去沐浴。

洗完澡之後覺得舒暢多了，但我一走出浴室就嚇了一跳，我發現Noey還坐在我的房裡，他怎麼還沒有回去啊？都已經晚上八、九點了耶。

「Noey？為什麼還不回去？」

「不要，我今天要睡在這裡。」

「你這星期已經來四天了耶，不怕你室友想你喔？」

「不怕。」Noey大聲且清晰地答道。他拿下耳機，將手機放在床邊後，就突然轉頭過來，在我的右臉頰上用力地親了一下。

我嚇了一大跳，立刻回頭看著他，Noey笑得很開心，他吹著口哨就步入浴室了。吼，又來了，Noey總是這麼欠打！結果Noey今晚還是要睡在這裡。好吧，也不是什麼大事，想睡這就睡吧，他長大後就變得愈來愈愛鬧彆扭跟裝委屈了。

我隨性地坐到了床上，準備擦乾自己的頭髮，眼角餘光

卻瞥見Noey放在床邊的手機快要掉下去了，我趕緊移過去將它接住。我把手機拿起來，驚訝地發現Noey剛剛在看的影片還沒有放完，我探頭看了看身處於浴室裡的人，聽得見從裡頭傳出來的洗澡聲響、還有歌聲，是他最愛唱的泰國鄉村老歌。我低頭望著握在手裡的手機，決定拿出耳機戴上，按下播放鍵。

好想知道Noey在看什麼喔。

『哈、Noey、嗯！Noey！』

『⋯⋯』

『不要、不要揉那裡，啊！哈！』

『Thi哥⋯⋯』

『我好累、哈⋯⋯我累了。』

這⋯⋯這是⋯⋯這什麼！

Noey——！

天啊！我快哭出來了，嗚嗚，Noey他有什麼毛病啦，拍這個幹嘛啦！嗚，真的要哭了啦！

映著自己身軀的4K清晰畫面讓我整張臉都燒了起來，我退出影片，立刻點開Noey的相簿，還好影片只有這一支，我趕緊將它刪除。真的好想揍Noey，等他從浴室出來就揍他！嗚嗚嗚，這人怎麼這樣！

　　知道 Noey 有在重複觀看這支影片時，我整個人又羞又急，甚至用手摀住了自己的臉，緊緊地抿起嘴唇。即使對方允許我隨時查看他的手機，但我還是不太會去管他手機裡的東西，從來不知道 Noey 有我們在……嗯……那個的影片。該死，要是這支影片流出去，事情不知道會有多嚴重！這小子，為什麼都不會先想一想呢！

　　我嘆了一口氣，再一次滑開他的相簿，想查找看看還有沒有其他怪異的照片。不過，真的點進去看後，我很驚訝地發現 Noey 居然存有近千張的照片，而裡頭十之八九都是我的照片。

　　我一邊看著自己的相片，一邊慢慢地笑了出來——裡面有我睡覺或剛起床的樣子、也有我正在領畢業證書的模樣，有舊的照片，也有視訊截圖，更有偷拍我各種姿勢的相片。他竟然拍我拍了這麼多張了嗎？

　　『Thi 哥，起床。』
　　『嗯……』
　　『該起床了。』
　　『再讓我睡十分鐘……』
　　『Thi 哥！』
　　『……』
　　『唉，蒙成這樣，誰還敢繼續鬧啊……』

　　我坐下來不停地滑著照片，直到被這支影片絆住。這也是Noey拍的，我看起來應該是剛要起床吧，不知道是什麼時候拍的，看了也完全沒有印象，只是覺得自己很好笑，怎麼會看起來那麼累啊？影片裡的Noey嘲笑著我的姿勢，鏡頭接著就被轉了個方向，變成一個可以清楚看見拍攝者的角度。他用拿著鏡頭的那隻手墊在我的頭底下，而我往Noey的身上縮了縮，至於他的另一隻手，則是隔著厚重的棉被抱住了我。

　　我從前不曾想像過，老是被別人埋怨說喜歡曬恩愛、耍甜蜜的Noey是什麼樣子，直到看到這支影片，Noey望著我的表情及眼神讓我整個人都害羞了起來。

　　「Jamnien，你在看什麼？看得滿臉通紅的。」

　　一發現對方步出了浴室，我立刻抬起頭，Noey身上只圍了一條毛巾，露出了身上的精實肌肉。

　　我拿下耳機，開始對他發牢騷，「為什麼不穿好衣服再出來？你看，水都滴滿地了，記得擦喔。」

　　「真會念。」

　　「還有一件事，你啊，為什麼要拍那種影片存在手機裡？」我對他凶道，並打了Noey的手臂一下。他挑起眉，接著才「喔」了一聲，臉上同時顯露出狡猾的表情。

　　「什麼影片？」不要反問我！

　　「你有沒有想過，萬一它流出去了，倒楣的人會是我耶。」我真的忍不住罵了他，因為出現在那支影片裡的人只

264

有我一個，我既是覺得害羞，又害怕這支影片會流出去。Noey一見到我如此嚴肅，他也就收手不鬧了。

「不要再這麼做了。」

「不會了，我只是存著自己一個人看而已。」Noey軟言軟語地說著，並坐下來抱住我的手臂，他溼答答的頭髮在我的手臂上來回磨蹭著，讓我不得不抽手躲開，但Noey卻誤會了，以為我是因為生氣才甩開的，他看起來十分愧疚。

「對不起……」

「算了，我已經刪掉了。」我只回了這句之後，便將擦頭髮的毛巾拿去晾了。我走回來、躺倒在床上，Noey仍然坐在原地，我望著他望了一陣子，Noey這才爬上床，伸手過來拉住我、抓著我的手逼我打他。我看著就覺得想笑，卻又只能忍住笑意。

「哥，打我，打我吧！這個，就是個壞習慣，打下去！」

「……」

「好啦，我不會再犯了……對不起，我沒有考慮後果。人家蠢，人家腦子太小了嘛。」

「……」

「Noey跟你道歉。」

唉，我又對他心軟了，Noey總是這樣，讓我從來都沒有辦法真正地對他生氣。

「過來這裡。」我坐起身子，向他靠近過去。Noey見到

我願意開口，臉色也變得比較好看了，我單手伸過去拉扯著對方的臉頰，而 Noey 就這樣乖乖讓我捏著。

「你這孩子。」

「……」

「不要再這麼做了，知道嗎？那些影片啊，流出去就糟糕了。」

「好。」

「然後你手機的密碼也設得太簡單了，下次換個難一點的。」

「記不起來啦。」

「換掉，不然我就不讓你拍囉。」

「好啦……」

看著花火寺 Noey 這個曾經的知名小混混，在自己面前如此落寞著，讓我微微一笑。什麼啦，我只是提醒他一下而已，有必要把臉皺成那樣嗎？以前也沒有見他這麼容易感到委屈啊，這小子！

「真的不懂你為什麼要拍……」

「……」

「本尊就坐在這裡，還要選擇看影片。喂……」

「你……！」

「怎……怎樣？」

「你剛才說什麼？」

「啊⋯⋯？我說了什麼？」

「你真壞！」

「啊？等、等等！Noey！啊！」

該死的，還來不及意識到自己是說了什麼話戳到Noey，他就把圍在身上的毛巾掀開了啦！天啊，這是怎樣啦！

真是不應該啊，Thi，你不該讓Noey在這裡過夜的！天啊！Noey！嗚，輕一點啦！

❤ 特別篇・二

「Thiwa。」

耳熟的呼喚從前方傳來，讓我不得不抬起頭來，此刻站在我桌子前方的男人大概比我小了兩、三歲，是公司老闆的兒子。他這樣子站在桌子的前方，讓我感覺十分困窘，已經有好幾個同部門的前輩看過來了。

「我是來邀請你的，要不要一起去吃飯？」

果然……要猜錯也難。

我不曉得自己為什麼會這麼受年紀比我小的人歡迎，也不懂自己有什麼魅力，能讓 Wira 先生這種人如此來討好、照顧我。我承認，自己對老闆這個兒子的諸多行為感到非常不舒服，起初還沒抱有什麼戒心，直到後來才理解到 Wira 先生是抱著什麼樣的目的而來的。

我感覺自己大腦裡的神經正一跳一跳的，該怎麼回答才好呢？我一點也不想跟他去吃飯，而且今晚已經和 Noey 約好了，他要來我的住處過夜。要是答應了對方，我就必須失約於 Noey，他肯定會生我的氣的，而且 Noey 上一次在公寓前看到我從 Wira 先生的車上下來，他可是相當得不悅呢，而且 Noey 還要求我，不准再接近這個人、不准我再上他的車。

　　Noey 以為他不禁止，我就會願意上他的車嗎？這個人啊，就算只是來找我聊個天，我都會想要直接逃跑了，更別說是坐他的車了。

　　「抱歉，我今天晚上不方便，已經有約了。」我回覆道，儘管心裡想要狠狠地拒絕他，但始終必須意識到對方的地位，這並不奇怪，畢竟我上班的這個企業是他們家經營的嘛。

　　「只是約你吃個飯，不會花太久時間的。」Wira 先生仍不斷糾纏著我，更是讓我覺得心煩。我知道自己不是個很會拒絕別人的人，應該說是非常不擅長才對，從好久以前開始就很為此煩惱了，我真的很不喜歡這樣的自己。

　　「拜託，請跟我一起吃飯。」

　　「我是真的不方便，抱歉，我想要先繼續工作了。」我下定決心，再次出聲拒絕，心中還想稍稍稱讚自己、這次終於能夠拒絕別人了。Wira 先生看著我，看來是放棄邀約了，見到他從我的桌前走開，這才讓我安心了下來。

　　我不想要給予他人任何能用有色眼鏡來看待我的機會，對方這樣常常來到新人的桌前，有誰會覺得是件好事？我也曾聽別人講過自己的閒話——我是想靠總經理兒子的關係來爭取晉升機會，Wira 先生本身長得也很帥，我應該是心動了等等，有許多人都是這麼以為的，這類的話語讓我感覺很糟糕，所以 Wira 先生每次跑來接近我時，我的腦袋就會開始轉個不停。

　　對我而言，這個男人讓我的生活一天比一天變得更加艱難，不光是工作，還有某個人也很不滿我跟這個人有所牽連。

　　「我聽說你今天沒有開車來，等一下我送你。」

　　下班之後，我一如往常地來到樓下，今天沒有開車來純粹是因為自己的好奇心，想坐捷運通勤看看，因此我現在不得不面對那位 Wira 先生，我不敢表現出太多的情緒，只能站在原地，眼睜睜地看著 Wira 先生向我走來。我還以為他已經打消主意了，為什麼還要再次來打擾我呢？真是不明白，比我好的人明明就多的是。

　　「我可以自己回家，謝謝你。」

　　「你也知道，我回去的路途本來就跟你同路，來嘛，我送你。」

　　「Wira 先生……」

　　「小 Thi ！」就在我準備拒絕 Wira 先生時，一道來自跟我同部門前輩的聲音響起，我轉過頭去，前輩她便走了過來。這位前輩叫做 Bua 姐，是我們部門裡的大前輩，Bua 姐快要臨盆了，一看到她正要走下樓梯，我就趕緊離開 Wira 先生身邊，奔去幫忙攙扶她。

　　「我可以自己走的啦。喏！這個隨身碟是要給你的，拿去吧。」

　　「好。」我從 Bua 姐手上接下東西，她含笑地看著我，接

著轉頭去向 Wira 先生打招呼。

「姐準備要回家了嗎？」

「嗯，我今天要坐計程車回去，老公沒空來接我。」

「Pathumma 小姐。」

「是？」

「等一下我送妳，Thiwa 也一起。」

「這樣好嗎？」

「怎麼可以讓快要臨盆的人自己一個人通勤呢？」

不……

我緊緊抿著嘴，感覺到了這個地步，應該是躲不開 Wira 先生了，尤其還有 Bua 姐這個幫手的強力說服，我更加沒轍了，無法再次拒絕，最後不得不又一次坐上這輛豪華轎車。Bua 姐坐在後座，而我則必須坐到副駕去，因為 Wira 先生用了一個聽起來超級不合理的藉口──擔心 Bua 姐會坐得不舒服。

該死，我真心祈禱自己可以比 Bua 姐早下車，可惜沒有，前輩的家比想像中要來得更近，因此 Wira 先生也立刻抓住機會、繼續送我回家。即使 Wira 先生拋了非常多話題過來，但我一整路上都還是沒有說話。

「非常感謝你送我。」一抵達公寓的停車場，我就趕緊告辭，解開安全帶、準備打開車門。但我卻發現車門無法打開，因為車主把它給鎖上了。

「你比我想像得還會擺架子。」

我嚇了一大跳，因為 Wira 先生突然自顧自地拉過我的手，讓我感覺極度得不安全，我努力地想把手抽回來。

「我這麼關注你，你卻只想要躲開我。」

「放開我！」

「我感覺就像是被你耍了一樣，你知道嗎？」

「我叫你放手！」我試圖出力想把手抽回來，但 Wira 先生一看到我反抗，就更加不悅了。我看看四周，停車場的位置沒有很偏僻，但此時也沒有其他人經過。我努力想掙脫對方的桎梏，兩人就那樣僵持著，我決定伸手去按他那側的解鎖鈕、打開了門，接著立刻衝下車。

「Thi 哥？」

「Thiwa！」

我嚇得只能愣在原地，就在剛剛，我從 Wira 先生的車裡逃出來了，看到 Noey 就站在外頭，讓我十分開心，他應該是剛回到公寓，雙手還提著超級市場的袋子，看來是為了準備今天的晚餐而去採購的。聽到 Wira 先生的聲音從車內傳來，我立刻往 Noey 跑去。因為剛才那個意料不到的事件，我現在的儀容狀態十分糟糕，頭髮亂糟糟的，身著的衣服也皺掉了。

「喂！」看見 Wira 先生作勢要接近，Noey 張開手臂遮擋在我的面前。

「你是誰？」

「你才是哪位咧？」Noey 厲聲問道，看來他應該是想起

對方就是那個曾經送我回來過的人了。

「你對 Thi 哥做了什麼？」

「No……Noey。」他轉頭看著我，臉上有著明顯的慍色。Noey 一副想上前去找 Wira 先生麻煩的樣子，讓我不得不馬上拉住他，不然肯定會出事的。我很清楚，Noey 生起氣來是有多麼得恐怖。

「Noey，不行，我們上去吧，放他走吧。」

Noey 回頭瞪著 Wira 先生，「我問你，你做了什麼？」

「喂！」Noey 大吼一聲後就衝向了 Wira 先生，對方因此嚇得目瞪口呆。我不知道 Wira 先生是否有膽識一拚，但對我來說，此刻的 Noey 無疑是十分危險的，我得趕緊先將他們兩人隔開，否則事態絕對會變得比現在更嚴重。

「Noey，住手！已經可以了，快放開他！」

「你！」

「Noey！夠了！」Noey 見我如此大聲地對他喝斥，便愣住了，他鬆開抓著對方領口的手，轉過身來望著我。

Wira 先生一發現對方對自己失去了興趣，就連忙跑上自己的車，開著車逃走了。

Noey 不發一語，他抓過我的手腕，要我跟著他走。

「吼，Noey，會痛啦！」我對他嚷道，但 Noey 看來是不打算聽了，他連一句話都不想聽我說，只是繼續拖著我往前，直到來到屋內。一進門，對方馬上就把剛買來的東西都

扔到了地上。

「Noey，放開我！我會痛！」

「你有什麼毛病啊？都被他弄成這樣了，還要這樣對他好？」Noey緊緊抓住我的手腕，他的力氣本來就不小，這次是真的抓痛我了。我承認我被他的力道嚇到了，想試圖扭開手腕，但Noey卻不肯放手。打從交往以來，Noey從來沒有對我這麼生氣過。

「還是說，你想要他為你做得更多？」

「Noey！」

「媽的，很喜歡嘛，都送你回來好幾次了！」一得知Noey的看法，我頓時覺得全身發麻──沒想到他會說出這樣的話，我簡直不敢相信自己的耳朵。

「就這麼護著他……」Noey將我的手腕甩開，沒有繼續說下去，只是轉身步向角落。突然間，Noey不小心把一疊書掃落在地，我不禁嚇了一跳，接著他就步出了公寓，房內就只剩下我一個人站在原地。

我……我從來沒有這樣想過啊，Noey。

我抿住嘴唇以憋住啜泣聲，低頭看著手腕上浮現的那些紅印，心情變得更加糟糕了。Noey現在應該是徹底地誤會了，把我不讓他對Wira先生動手這件事情，看成是一種保護。

沒錯，是保護，但我想保護的不是Wira先生，而是Noey。要是他真的對對方施以暴力，接下來Wira先生如果想

以此為理由找我們麻煩，那 Noey 就無論如何都無法脫罪了。

　　我努力不讓自己哭出來，儘管現在心情糟透了。Noey 對我說了很過分的話，還使用暴力，明明就說過我不喜歡了。我不想哭，只好憋著，深吸了一口氣，我知道 Noey 只是誤會了，他本來就是個性子很急的人，我沒有生他的氣，我理解他，換作是我遇到這種事情，同樣也會受不了的。

　　我把掉落的東西放回原位，接著拾起 Noey 買回來的食材，打算來準備晚餐，我得找一些事情做才不會一直胡思亂想。儘管精神已經快要承受不住了，明天卻還是得去上班，我已經不知道該如何去應對 Wira 先生了。

　　「Thi 哥。」Noey 回來了。

　　我把餐盤擺放到桌面上，試圖擺出一如往常的態度，即使情緒又再次被激起，也不去責怪或是對他生氣。

　　「一起吃飯。」我開口說道，努力地不讓聲音顫抖，並避免去注意 Noey 現在顯露出來的表情。我還以為 Noey 已經躲回自己的住處去了，沒想到他會再次出現在我眼前。我捧了一個空盤過來、盛飯，裝到另一個盤子裡，然後推給 Noey。

　　「一起吃飯……」

　　「我道歉……」Noey 說完後朝我走來。他抓著我的手腕端詳著，發現到上頭浮現的紅痕時、那愧疚的神情讓我很是心疼。我低頭閃躲著他的視線，不想讓他察覺到自己也是同樣得難受。Noey 開口道歉，他撫著那隻手腕，並曲身跪了

下來，抓著我的手不停地道歉。我不忍再繼續這樣下去，便把他拉起來擁住，隱忍的淚水終於流了下來。我非常非常努力了，努力想讓自己表現得比他成熟、努力不要在他面前流淚，但今天真的承受太多了。

「沒關係，嗚……我理解，我都能理解。」

「他媽的我真是個混蛋……Noey 是個混蛋，對不起。」Noey 低頭咒罵著自己，接著抬頭面向我的臉。

「我讓哥哭了，還害哥受傷，我真是個爛人！」

「夠了，不要這樣，別這樣。」看他愈是責怪自己，我就愈是難過。Noey 再次撲過來抱住我，一次又一次地重複地道歉，我也回抱住他，手指摩娑著他的背，兩人就那樣互相擁抱了好久。

十分鐘過去了，終於像是風暴將要慢慢離去一般，我把 Noey 抱得更緊，接著低頭望著年紀較小的對方，他正把頭擱在我的大腿上。

「我不是想保護 Wira 先生，我沒有喜歡過他，從來沒有，我甚至不想接近他。我阻止你，是因為你要是對他做了什麼，事情就麻煩了。」

「但他傷害了你！」

「你能找到其他方式想辦法討回來，不需要動用暴力，明白了嗎？」

「媽的！」

「對不起。」

「別道歉，不要跟我說對不起，你沒有錯，不是你的錯。」Noey慢慢退開。

我的眼淚已經停止了好一陣子了，這孩子卻依然覺得愧疚，他還是不停地撫摸著我的手腕，不時還會吹吹氣，像是想幫忙消除紅痕似的，此刻的Noey就像是隻剛犯了錯的大狗狗。希望這次的衝突能讓他明白更多的事情，不要再讓情緒或暴力代替自己做決定。

你又成長一些了，Noey。

「Thi哥，會痛嗎？」

「嗯？不會。」

「會想打我嗎？」

「不會了。一起吃飯吧，我做好的飯菜都要涼了。」

「Thi哥。」

「是，怎麼了？」

「我愛你。」

簡短的話語從對方的口中滾落，我緩緩露出了微笑。Noey就這樣坐在地上看著我，慢慢將嘴唇落在我的手背上。

在巨大的風暴席捲而過之後，暖意再度漸漸擴散。我望著Noey，他吻著我的手，許久之後才願意放開。

我能體會Noey的感受，因為我自己也一樣。

Noey，謝謝你，為我成為了一個好孩子：）

❤特別篇・三

「Noey，不要再看電影了，來洗你的衣服。」

「等一下。」

「Noey！」

「等一下啦，正精彩耶。」

我手叉著腰、一邊嘆氣。我望著某個躺在我的床上、抖著腳的人，Noey正在觀賞電影，他看得很專心入迷，都忘記要去洗衣服了，他在昨晚就把衣服浸泡好了，我也已經要求他好幾次了，但總是不願意去洗，衣服都要泡爛了。我最後真的受不了，於是直接走過去抽走自己的iPad，Noey馬上哀號了一聲。

「去洗衣服！太陽都要不見了，再不去洗會曬不乾的。」我變相警告他。

「還是會乾的啦，再一下下就好，電影只剩三十分鐘而已，陽光不會這麼快消失的吧？」

「馬上去洗！不然我就不讓你看了。」

「你這人！」

「去洗衣服！」

「Jamnien。」Noey還在為電影討價還價，但我選擇不理

他。我撇開頭，把 iPad 放到遠處去，Noey 這才願意起身去洗衣服。看著那道一絲不掛的背影，我不禁搖了搖頭。唉，穿衣服這件事也一樣，不知道他為什麼會這麼怕熱，跟我在一起的時候老是喜歡脫個精光，我一開始也不太習慣，但在不斷一來一往地爭執之後，我已經懶得去命令這小子了。

我坐到床上稍作休憩。今天真的好累好累，正好時臨假日，所以我替自己的房間來了個大掃除，洗碗、洗衣服、換床單，清掃、整理房間，消耗了大量的體力。我剛剛才掃除完畢、洗好澡，真是累死人了。

我緩緩地躺到床上，因為操勞了一整天，我就這樣不知不覺地睡著了。

「嗯……」

「啾、啾……」

「嗯……幹……什麼……呃！Noey！」

逐漸占據身體的異樣感漸漸將我從床上喚醒，一開始那股感受還沒有那麼明顯，但接下來卻變得愈發強烈，全身都變得很奇怪，讓我不得不強迫自己睜開雙眼，結果第一秒所見的畫面就讓我差點休克──Noey 的臉置於我的兩腿之間，我身上的衣服也不知道消失到哪裡去了。Noey 一見到我甦醒，頓時揚起笑容，他用力咬上了我的鼠蹊部，讓我嚇了一跳，那雙唇瓣接著緩緩移動，包覆住某處已然挺立的器官，

我趕緊伸出雙手抓住他的腦袋。

天啊！Noey！又想要捉弄我了！你在搞什麼啦！

「啊、Noey，不……不要。」

我試圖想讓自己的臀部遠離侵略，卻抵抗不了Noey的力量，他的雙手鎖住兩側的大腿根部，更加重重地欺負著我。起初還有力氣掙扎，但當Noey的嘴巴愈動愈快，我的力氣也彷彿被抽光了，只能夠仰躺著大口喘氣。在過量的感官刺激下，我閉上眼睛、蜷起腳尖，Noey對著細長的雙腿時而愛撫、時而使力掐捏，令人不禁擔心上頭是否已留下了痕跡。

「Noey，啊……」

還沒有到達頂端，Noey就突然退開了。我望著他，那深邃的臉龐掛著壞笑，那一瞬間，我便意識到自己被捉弄了。Noey是故意不讓我出來的，他想看我因他的放置而受到折磨，可惡到讓人想揍他一頓。

無論是我還是Noey，此刻都已是赤身裸體的狀態了，目前天色還不晚，外頭透進來的光線尚足，當眼前的一切逐漸變得清晰，我的臉也就變得愈來愈燙了。

「別戲弄我。」

「我沒有在戲弄你。」

「Noey！」我喊道。Noey的身體覆在我的上方，臉也慢慢靠近，灼熱的呼吸吹灑在臉上。我抿著嘴唇，那處傳來的刺癢感並沒有消散，讓我只能夠來回扭動著、以削減慾望。

「求我啊。」

「不要。」

「說嘛，說你想要我做什麼？」他對我低語著，雙手伸過來抓住我的手腕，將它們固定在床上。也就是說，我現在什麼也做不了了，只能妥協，依 Noey 要求的那樣懇求他，真是太壞了！

「啊！別這樣。」

「別怎樣？說。」

「別……啊！」

Noey 又開始欺負人了，我不禁緊緊地閉上雙眼，他的下身移動著，來回摩擦我們兩人的那處，我差點要哭出來了，感覺分身黏膩又癢痛，想躲卻躲不開。他愈動愈快，讓它們不停地互相摩蹭，滲出的液體也愈來愈多，腿根都濕成一片了。大顆的淚滴從眼角滑落，我掙扎著，感覺就快要釋放了。

「不行，我、我！啊！」

體內的慾望終於到了，我全身都在抽搐，頭高高地仰起，任由對方靠上來恣意啄吻嬉戲。我不停地喘著氣，直到胸口再次平靜下來。

但是，接下來我才意識到，Noey 已經不想等了，他將不知打哪來兒的潤滑液擠在自己的大手上，並緩緩抹進後方的肉穴中。我連忙抓住他的手臂。Noey 靜不下來的手指緩慢地持續深入，偵查似地四處尋覓，一碰上某個點位，我的腳頓

時併起，使得Noey用力地捏了一下我的臀部。

「慢⋯⋯慢慢、慢一點⋯⋯」都來到這個地步，也無法退縮了，只好再放任Noey一次。

壓迫的感覺一點一點探入，我緊緊抿著雙唇，僵直的手臂撐在身體的兩側，視線一不小心就從Noey滿是情欲的臉上移向腹部，他的那裡緊繃到可以看見血管，而我正被在那肉柱插進了後穴。我臉上的熱度瞬間衝高，也不是說沒有經驗，但不管做了多少次，我還是對小Noey的進入不太習慣。

「啊！」Noey緩緩地動著腰，一次比一次更深入。

起初還有些辛苦，因為我還沒有準備好，Noey的分身尺寸也不小，讓我覺得又撐又壓迫。它向內移動著，直到完全沒入了體內。一掌握到敏感點，Noey就又開始欺負我了，讓我全身都在隨著他的力道晃動。

「呃、啊！哈、Noey、Noey！」我胡亂抓著，尋找一個可以攀附的地方，於是Noey俯下身來，落下一個炙熱又甜蜜的吻。下身被他不斷侵略著，讓我差點呼吸不過來，Noey將臉埋進我的頸窩，接著落下重重的吻。

我挺立的那處摩擦著Noey的腹肌，它又再一次便得濕漉漉的，呻吟聲漸漸從我的口中溢出，該死，我不太喜歡聽到自己發出這種聲音啊——

我試圖憋住，但Noey一發現我這麼做，他便撞進了深處，讓我不得不呻吟出聲。

「啊！不……不行、別、嗚！」在對方突然將節奏放緩的時候，我立刻抓住了他的肩膀，但他卻猛地撞進了深處，害我嚇了一大跳，不知是因為感到疼痛還是其他感覺，淚水也同時流了下來。我愈是流淚，Noey 就欺凌得愈是過分，他將那處推得更深了一些，讓我下意識地挪開臀部，Noey 的分身於是就掉了出來。我渾身上下都在抽搐，抽泣著慢慢翻過身，躲到一旁喘息，手裡還揪著剛換好的床單。看見我這副模樣，Noey 頓時一笑。

「哈……別欺負我。」

「怎麼能不欺負呢？」

「啊！」Noey 突然抓住我的腳撐開，讓我不禁再次大叫出聲，他便第二次插入我的後穴。Noey 逐漸加快了深入的節奏，讓我渾身都在顫抖，我不停地喘著氣，濁液突然就被那壞心的傢伙弄了出來，輕輕鬆鬆就讓我到了第二次。

「嗚、夠……夠了，不要了，啊！Noey！」

「我還沒吃飽。」我的手捶在他的身上，沒有刻意克制力道，因為這年紀較輕的人真的很煩，不知道哪來這麼多力氣，我簡直快要累死了，做了一整天家事還要被 Noey 欺負。

Noey 將我整個身體翻到上頭，他自己則仰躺在床上，這個姿勢讓 Noey 進得比原本更深了。

「騎給我看。」他拍著我的臀肉命令道。

「我累了。」

「拜託，讓小朋友見識一下。」

「……」

「就像在騎廟會的鬥牛機那樣啊，騎到頭暈目眩，小朋友都喜歡玩那個。」

說……說這什麼瘋話！

「不然牛就會先去頂你屁股，小心會很痛的喔。」

「啊！」年紀較小的人突然出力撞了上來，讓我嚇了一大跳。他見我叫得這麼大聲，就更是得意了，還擺出準備再撞一次的樣子，讓我不得不捶了他一下。我只好順從地慢慢將手放到他結實的小腹上，移動著自己的腰，緩慢地上上下下擺動著臀部，這個姿勢比原先的要讓我感到羞恥得多。

「對，就是那樣。可以再快一點嗎？」他開口催促道。但我心裡只想知道 Noey 到底什麼時候才會滿足，是想做到我的身體被他弄壞為止嗎？

一開始我還以為自己能贏得了 Noey，但一來一往之間，被點燃的情欲讓我再次失去理智，纖細的腰臀不自覺地愈動愈快。見到我的情欲又一次升起，欣賞著我的動作的 Noey 便笑了，他的大手不停地愛撫著我的身體，不時還擠捏著胸口上的淺色乳粒。我放在小腹上的雙手蜷曲、因不知所措而四處遊走著，我又動了一會兒，突然感覺到某個令人渾身顫慄的點被觸碰到了，我不自覺地想要抬起腰來躲開，火燙的肉棒便從肉穴滑了出來。我那下意識的反射動作，讓 Noey 又一

次地笑了出來。

　該死！丟臉死了，但剛才那個太超過了⋯⋯真的太超過了，快感強烈到必須先退出來才行。

「哈、哈⋯⋯」

「媽的，哥你實在是，太可愛了吧！」

「啊！哈⋯⋯Noey、啊！啊！」Noey出聲說著，並捏住了我的臀部。他再次將分身塞了進去，而這次，Noey不再讓我掌握遊戲的節奏了，他鎖著我的腰，自己奮力地撞了進去，讓我不得不趕緊找一個攀附的地方。肉體拍擊的聲音迴盪在房間內，與我口中發出的呻吟聲互相較勁，快感漸漸地被衝往至高點，大手移到了我的胸前擠捏愛撫著，讓堅挺的乳粒變得又痛又腫。

　最後，Noey又擺動了幾下，我感覺到情慾的熱流正注入到後方的甬道內，他低吼著，與此同時，我緊緊地閉著雙眼，釋放在躺著的人身上。我們兩人都用力喘著氣，我慢慢倒了下來，躺在他身旁，我累壞了，累到連一根手指都抬不起來了。Noey抽出他的分身，接著整個人趴到我身上。我個子小小的，被Noey這種大塊頭壓在身下是既沉重又不舒服，令人不得不開口抱怨。

「好重⋯⋯呃！」Noey在我的臉頰上重重地落下一個吻。

「真可愛。」

「喂，可以不要再捏了嗎？會痛耶。」Noey用力地捏了捏

我的屁股，讓我不禁對著他嚷道，我都快沒有聲音了。就聽我一次嘛，下次要捏要摸可以小力一點嗎？每次做完我都會全身痠痛，都是因為你啦，Noey！

「累了嗎？」

「嗯。」

「可以再做一下嗎？」

「夠了，我不行了，體諒我一下。」

「拜託，再一下。」

「Noey！」這不聽話的孩子又突然用力地啄了我的脖子一下，我只好嚴厲地喊了他的名字。他拍著我的屁股，把我翻成趴姿，那雙大手鎖著我的骨盆，讓我的腰臀懸在半空中。那一刻，我識破了他想要再來一次的意圖。

該死！知道了、我知道你很厲害了，但也不需要這樣吧，Noey！

「這個姿勢還沒試過呢，嗯？」

「啊！」

「聽說超爽。Jamnien，再一下下喲！」

天啊，嗚嗚，我該怎麼辦啦？要怎麼做才能讓 Noey 手下留情一點？Noey 會對這件事如此上癮是我的錯嗎？

Thi，你不應該交個年紀比自己小的男友的，你的身體肯定會在四十歲前就被弄壞的啦！吼，Noey！輕一點！輕輕的！

高寶書版集團
gobooks.com.tw

CRS023
I Will Knock You 痞子壞壞愛・下
พี่จะตีนะเนย I Will Hit You

作　　者	Korean Rabbit
譯　　者	舒宇
封面繪圖	阿鎬 Hao
編　　輯	王念恩
美術編輯	莊捷寧
排　　版	彭立瑋
企　　劃	方慧娟

發 行 人	朱凱蕾
出　　版	朧月書版股份有限公司
	Hazy Moon Publishing Co., Ltd.
地　　址	臺北市內湖區洲子街 88 號 3 樓
網　　址	www.gobooks.com.tw
電　　話	(02) 27992788
電　　郵	readers@gobooks.com.tw（讀者服務部）
傳　　真	出版部　(02) 27990909　行銷部 (02) 27993088
郵政劃撥	19394552
戶　　名	英屬維京群島商高寶國際有限公司臺灣分公司
發　　行	英屬維京群島商高寶國際有限公司臺灣分公司
初版日期	2023年2月

Published Originally by under the title of《พี่จะตีนะเนย I Will Hit You》
Author © Korean Rabbit
Traditional Chinese Edition rights under license granted by B2S Company Limited (Head Office)
Traditional Chinese Edition copyrights © 20xx Global Group Holdings, Ltd.
arranged through JS Agency Co., Ltd, Taiwan
All rights reserved.

國家圖書館出版品預行編目 (CIP) 資料

I Will Knock You 痞子壞壞愛 /Korean Rabbit 作；
舒宇譯 .-- 初版 .-- 臺北市：朧月書版股份有限公司出
版：英屬維京群島商高寶國際有限公司台灣分公司發
行, 2023.02
　　面；　公分 .--

ISBN 978-626-7201-43-5(全套：平裝)

868.257　　　　　　　　　　111020605